내 하루도 에세이가 될까요?

내 하루도
에세이가
될까요?

이하루 지음

상상출판

시시할까 고민 마요
일기 될까 걱정 마요

쓰고 싶은 그 마음만 생각해요

◆ 목 차

2   미묘하게 전부 다른 매일의 이야기

3 물론 잘 쓰고 싶다

그냥 시시한 삶은 없다

◆ 우리에겐 아무 일도 일어나지 않았다

2003년 1월 1일 0시. 드디어 어른이 됐다. 기다려왔던 시간이다. 유흥가 골목에 대기하고 있던 나와 친구들은 파워워킹으로 나이트에 입장했다. 처음이 아니라는 듯. 이제껏 쭉 어른으로 살아온 것처럼 말이다. 앳된 얼굴은 진한 화장과 어두운 조명으로도 감춰지지 않았다. "맥주 기본!"을 외칠 때 '기본'보나 '맥주'란 단어에 힘을 줬다.

그때 기본 메뉴에 포함된 맥주는 세 병. 우린 맥주보다 많은 네 명이었다. 다들 춤을 추고 땀을 흠뻑 흘리면서도 맥주로는 마른 입술만 적셨다. 다들 본능적으로 술을 아꼈다. 어른이 됐다고 주머니까지 두둑해지는 건 아니니까. 어쨌든 제각기 다른 판타지를 꿈꾸며 기다린 스무 살이었다. 김빠지고 미지근한 맥주라도 새벽까지 버텨야 했다.

아무도 취하지 못한 그 날. 우린 결심했다. 어린 시절 봐왔던 어른들처럼 시시하게 살지 말자. 영화처럼 살자. 한 친구는 더 큰 포부를 드러냈다.

"난 20대에 성공해서 30대에 자서전을 출간할 거야."

그로부터 16년이 지났다. 어른이 되고 보니 시시한 것 투성이였다. 특히 우리 삶이 그랬다. 우리에게는 아무 일도 일어나지 않았다. 간혹 영화 같은 사건이 벌어지긴 했다. 원하던 장르도, 주인공도 아니었지만 말이다. 남다른 포부를 내비쳤던 친구에게는 새로운 바람이 생겼다.

"자서전까진 바라지도 않아. 쓸 만한 인생이라도 됐으면 좋겠어."

◆ '쓸 만한 삶'이 어떤 삶인지 궁금했다

나는 기자로 4년, 카피라이터와 콘텐츠 기획자로 2년, 기업 사내방송작가로 4년 반을 일했다. 그 외 프리랜서로 글을 쓴 경력까지 더하면 10년 넘게 글로 밥벌이를 하고 있다. 하지만 이렇게 글을 쓰고도 내 얘기를 쓸 엄두를 내진 못했다. 성공한 사람, 불행을 딛고 일어선 사람, 용감한 사람 등. 대단해 보이는 남의 인생만 썼다. 또는 그런 사람이 대중 앞에서 할 얘기를 정리했다. 이런 글을 쓰다 보니 내 삶은 참 작아 보였다.

작디작은 내 삶을 글로 쓰기 시작한 건 3년 전부터다. 성공담보다 실패담이 압도적으로 많은 나였다. 가끔 평범하고, 대부분 평범에도 미치지 못했던 나였다. 이토록 시시한 사람에게 무슨 이야기가 있겠어. 시작부터 나는 나를 의심하고 하찮게 여겼다. 겨우 용기 내 '나의 비정규직 직장생활'에 관한 얘기를 썼다. 목표는 없었다. 그냥 썼다. 아이러니한 건 이렇게 쓴 글로 상을 받고 책도 출간하게 됐다는 사실이다.
'쓸 만한 삶'이 어떤 삶인지 궁금했다. 어른이 된 지 16년이 지난 지금, 나는 팁을 찾았나. 쓸 만한 삶이란 쓰는 삶이다.

◆ 시시한 일상도 써보면 새롭다

책을 쓰기까지 고민이 많았다. 내가 감히 글쓰기를 말할 자격이 있을까. 그러다 이내 결심했다. 어차피 완벽한 문장을 만드는 법칙, 대박 나는 글쓰기 요령, 단기간에 첫 책을 출간하는 방법 등 어마어마한 내용이 담긴 책은 이미 서점에 많다. 나는 과거 내 모습과 닮은 이들을 위한 책을 쓰기로 마음먹었다. 어른이 된 후로 꾸준히 자신에게 실망해온 사람. 세상에서 내 삶이 제일 시시해 보이는 사람. 글로 쓰일 삶은 따로 있다고 믿는 사람. 그들에게 '시시한 일상도 써보면 새롭다'란 걸 보여주고 싶다. 당신의 하루도 에세이가 될 수 있다고 말해주고 싶다.

책 구성은 이렇다. 한 편의 에세이와 그 글을 쓰며 가장 도움이 됐던 글쓰기 팁 하나. 이렇게 23편의 에세이와 23가지 글쓰기 팁을 담았다. 처음 에세이를 쓰는 분들이 글과 한 뼘이라도 가까워질 수 있는 팁이 뭘까. 이런 고민으로 썼다. 다시 한 번 강조한다. 이 책은 주관적인 글쓰기에 답을 정해주고 무언가를 가르치려 들지 않을 것이다. 뻔한 일상을 새롭게 느껴보는 글쓰기에 관한 얘기가 될 것이다. 글쓰기 팁은 이를 거들 뿐이다.

끝으로, 세상 어디에도 그냥 시시한 삶은 없다. 그저 아직 쓰지 못한 삶이 있을 뿐이다.

이하루

1

**애쓰지 않자
써지기 시작했다**

에이, 쓸 얘기 많네

나만의 글쓰기 루틴 찾기

"즐겁게 살지 않는 것은 죄다."

— 무라카미 류, 《69》 작가의 말 중

작가 무라카미 류가 나를 죄인으로 만들었다. 그의 주장대로라면 무기징역이 선고될 터였다. 왜냐하면, 내 일상은 '노잼' 그 자체였으니까. 물론 처음부터 재미를 포기한 건 아니다. 나도 즐겁게 살고 싶었다.

돈이 모이면 혼자 해외여행을 떠났다. 더 큰 세상에 대한 궁금증, 나를 찾는 시간, 새로운 인연을 만날 기회. 매번 그럴듯한 목표를 안은 채 비행기에 올랐다. 낯선 땅을 밟았다. 여행은 즐거웠지만 뜻밖의 로맨스도, 강렬한 깨달음도, 내 안의 진짜 내 모습도 찾을 수 없었다. 여행이 끝나면 뻔한 일상이 두 팔

벌려 다시 나를 반길 뿐이었다.

여행을 떠날 수 없을 땐 책을 읽었다. 여행과 비교하면 돈과 시간이 절약돼 좋았다. 다만 지금처럼 살지 마라, 모험해라, 실패를 두려워 마라, 안 하고 후회하는 것보다 하고 후회하는 게 낫다 등 피가 되고 살이 되는 글귀를 만날 때면 의문이 생겼다. 성공하면 삶이 즐거워진다는 거야, 즐겁게 살면 성공할 수 있다는 거야? 사실 어느 쪽이건 상관없었다. 책을 다 읽은 후에도 내 일상은 어제와 같을 테니까.

—

언제부턴가 어제가 오늘 같고 오늘이 내일 같은 일상에 큰 불만을 품지 않았다. 매일 '회사-집-마트-집-회사-집-마트-집'으로 반복되는 삶이 불안했지만, 그저 '이렇게 살다 보면 좋은 날이 오겠지' 싶었다.

그렇게 시간은 흘러만 갔다. 나이를 더부룩하게 먹었다. 주름은 눈에 띄게 늘었다. 불안감도 내 삶을 장악할 만큼 커졌다. 흘러가는 대로 두면 삶이 알아서 즐거움을 찾아낼 줄 알았다. 자연스럽게 행복을 깨닫게 될 줄 알았다.

그런데 아니었다. 갑자기, 무엇이든 해야겠다 싶었다. 더는 기다리지 않기로 했다. 계속 이렇게 살면 묘비에 이런 문장이 박힐 것만 같았다.

'노잼으로 시작된 인생, 노잼으로 끝남'

-

일단 취미가 필요했다. 가장 먼저 여행이 떠올랐으나 나는 직장인이다. 가계 지출도 따져야 했으므로 적지 않은 시간과 돈이 드는 취미는 제외했다. 퇴근해서 부담 없이 할 수 있는 게 뭘까. 요리, 운동, 그림 등 새로운 영역을 기웃거렸다. 그리고 이 과정에서 깨달은 사실 하나, 내가 '게으른 숙맥'이란 것이다. 사람을 만나 대화하는 일을 꽤 오래했던 나에게 이런 면이 있는 줄 몰랐다. 매주 같은 요일, 같은 시간에 같은 장소를 가는 것. 그곳에서 낯선 사람들과 대화하며 새로운 무언가를 배우는 것. 이런 것들에 적응되지 않아 피곤했다.

마지막으로 도전한 취미가 글쓰기였다. 나는 10여 년 동안 다양한 분야에서 글 쓰는 일을 해왔다. 문예창작과를 졸업했고,

신문사에서 기사 쓰는 일로 시작해 콘텐츠를 기획하고 광고 카피를 작성하는 업무도 했다. 지금은 영상 대본과 연설문도 쓴다. 사실 글쓰기는 내게 밥벌이를 위한 일이자 스트레스를 만드는 원동력이었다. 감히 퇴근 후에 무언가를 써볼 생각은 하지 못했다.

그러나 늘 표현에 대한 갈증이 있었다. 어른은 되도록 참아야 한다고 배운다. 직장인은 참기 싫어도 참는다. 어쩌다 보니 나는 생각하고, 느끼고, 묻기보다 참는 데 익숙해졌다. 덕분에 자신에게 인색한 사람이 됐다. 취미를 찾는 데 1년이나 걸린 이유기도 하다. 표현하지 않으면 무엇을 원하는지 모른다. 스스로에게도 마찬가지였다.

글을 써보기로 했다. 말은 아껴야 하지만, 글을 아끼지 않아도 될 것 같았다. 또한, 북적북적한 곳에 가면 금방 피곤해지는 '게으른 숙맥'에게 잘 어울리는 취미이기도 했다.
장르는 에세이로 정했다. 분량이 짧아도 괜찮다는 점이 매력 포인트로, A4용지 한 페이지를 채우지 못해도 되니 부담이 없었다. 잊히지 않는 어제, 자꾸 떠오르는 순간, 인상적인 오늘을 글로 옮기면 되니 쉬워 보였다.

"근데 왜 안 써?"

부엌 식탁에서 노트북만 째려보길 일주일째다. 쓰다 지우기를 반복하다 보니 모니터 속 워드 프로그램은 여전히 백지상태였다. 깜빡이는 커서가 나의 초조한 심장 박동처럼 느껴져 다리만 떨고 있는 내게, 남편이 왜 안 쓰냐고 물었다. 왜긴 얕잡아봤으니까 그렇지. 10년 넘게 '글밥'을 먹고살았으니 이 정도는 '식은 죽'이라 착각했다. 한데 도무지 쓸 얘기가 없었다. 짜고 또 짜내도 내 일상에는 '글감'이 없었다.

"쓸 얘기가 없으니까 못 쓰지."
"왜 쓸 게 없어?"
"내가 쓸 얘기가 어디 있어. 출근길에 지옥 버스에서 멀미 때문에 트림 나온 얘기를 쓰냐, 회사에서 또 기획안 까인 얘기를 쓰냐? 그것도 아니면 오빠랑 치킨 뜯다가 닭 다리 때문에 닭싸움한 얘기를 써?"
"에이, 쓸 얘기 많네."

그의 마지막 말에 대꾸할 수 없었다. 듣고 보니 내 일상에도 쓸 만한 이야기가 적지 않더라. 그래서 다음날부터 사소하다고 무시해버렸던 일상을 글로 옮겨봤다. 막힘없이 잘 써졌다. 점점 쓸 얘기가 늘었다. 글을 쓰면서도 피식피식 입꼬리가 자주 올라갔다.

–

내가 글을 쓰기 시작하며 자주 다룬 주제는 '비정규직 회사생활'이었다. 드라마와 영화에 단골로 등장하는 소재지만 비정규직으로 일하는 직장인이 직접 쓴 이야기는 많지 않았다. 예상대로 유쾌하지 않은 기억부터 떠올랐다. 그러나 솔직하게 쓰면 쓸수록 마음이 편안해졌다.

처음에는 나 혼자 기록을 남기는 것만으로도 만족스러웠지만, 점점 누군가 내 글을 읽어줬으면 하는 욕심이 생겼다. 필명으로 한 글쓰기 플랫폼에 가입해 글을 연재하기에 이르렀다. 한동안 아무도 내 글에 댓글을 달지 않았다. 무플보다는 악플이라고 했던가. 무관심에 소심해졌던 건 사실이다. 그런데도 쓰는 재미는 갈수록 깊어졌다.

"너 안 자고 뭐 해?"

자기 위해 눈을 감았다가도 떠오르는 소재가 있으면 휴대전화를 켰다. 간단한 기록만으로 성이 차지 않을 때는 메모장에 문장을 끄적거리며 새벽까지 잠을 이루지 못했다. 출퇴근 길에는 다시 휴대전화를 손에 쥐고 전날 밤 끄적거렸던 글에 살을 붙였다. 주말에도 남편보다 먼저 일어나 거실에서 글을 썼다. 나의 변화를 가장 반긴 건 남편이었다. 그는 비로소 나의 하소연에서 벗어날 수 있었다. 사실 글을 쓰기 시작할 무렵, 나는 엄청난 스트레스에 시달리고 있었다. 글쓰기가 아니었다면, 그는 해결될 수 없는 내 고민을 밤이면 밤마다 지겹도록 들어야 했을 거다. 새로운 취미가 가정의 평화까지 지켜준 셈이다.

이렇게 에세이를 쓰기 시작한 지도 3년이 넘었다. 내가 한 가지 취미를 오랜 시간 즐기게 될지, 매일 똑같은 일상을 계속 글로 쓰게 될지, 나를 괴롭히던 글쓰기에 즐거움을 느낄지, 이전에는 미처 몰랐다. 쓰는 시간은 내게 가르쳐줬다.

누구나 글을 쓸 수 있다는 걸.
또 시시한 일상도 꽤 괜찮은 글감이 된다는 걸.

"글을 잘 쓰려면 어떻게 해야 해?"
"많이 읽고 많이 써야지."
"아~"

글을 잘 쓰고 싶다는 친구에게 내가 해줄 수 있는 대답은 뻔했다. 많이 읽고 많이 써라. 예상대로 친구는 시큰둥한 반응을 보이며 화제를 돌렸다. 차라리 그때 친구가 "야, 그걸 모르는 사람이 어디 있어?"라고 날 다그쳤다면 어땠을까. 그럼 나도 할 말이 꽤 많았을 것이다.

글을 써보자고 마음먹었을 때 '잘 쓰는 방법'부터 알고 싶은 건 자연스러운 일이다. 잘 쓴 글을 읽다 보면 어느새 나도 쓰고 싶어진다. 막상 백지를 펼치면 머릿속이 하얗게 질려버리지만 말이다.

인정하기 싫지만 '글쓰기에 타고난 사람'이 있다. 대학에서 문예창작과를 전공한 내 주위에 이런 친구들이 있었다. 책 읽는 시간보다 노는 시간이 많고 글도 대충 쓰는 것 같은데, 밤새 책상 앞에서 머리털을 뽑으며 쓴 나보다 더 잘 썼다. 질투하지 않으려고 애썼지만, 학점을 확인할 때면 착잡함이 밀려왔다. 그때마다 후회했다. 노력으로 원하는 결과를 얻을 수 없는 '글쓰기' 따위를 왜 전공으로 선택했을까.

저마다 다른 삶을 산다. 글쓰기 방식도 그렇다. 영감을 받아서 쓰는 사람이 있는가 하면 치밀하게 고민하고 계획해서 쓰는 사람이 있다. 이런 것들이 '타고난 자'와 '타고나지 못한 자'를 구분하는 잣대라면 나는 '정말' 타고나지 못한 사람이다. 안타깝게도 그런 사람에게는 꾸준함이 필요하다.

지금까지 글을 써본 적은 없지만 한 번쯤 내 기록을 남겨보고 싶은 사람, 글재주를 타고나진 않았지만 어쨌든 쓰고 싶은 사람인 우리에게 필요한 것은 무작정 많이 읽고 쓰는 노력이 아니다. **'내게 잘 맞는 글쓰기 방법'을 찾는 것이다.**

- 나만 갖고 있는 글감
- 지치지 않고 꾸준히 쓰는 방법
- 내가 잘 쓸 수 있는 장르

내가 편안하게 쓸 수 있는 환경과 방식이 분명히 있다.

쓰고 싶다는 말은 곧 마음속에 하고 싶은 얘기가 많다는 뜻이다. 입으로 뱉어내고 나면 흩어지는 게 아쉬워 글로 꽁꽁 묶어놓고 싶어 한다는 증거이기도 하다. 힘을 빼고 시작해야 한다. 편안하게 글을 쓰는 나만의 방식을 갖추면 훗날 글쓰기가 괴로울 때도 힘이 된다.

이제 막 글을 쓰기 시작한 누군가가 나에게 "잘 쓰고 싶은데 너무 막막해. 어쩌면 좋지?"라고 묻는다면 이렇게 말해주고 싶다.

"잘 쓰려고 하지 말고 편안하게 쓰려고 해봐."

참고로 나의 글쓰기 루틴은 엉망이다. 쓰는 시간이 정해져 있지 않다. 새벽에 썼다가, 밤에 썼다가, 점심시간에 썼다가 하는 식이다. 쓰는 장소도 마찬가지다. 카페에서 쓴다. 집 거실에서 쓴다. 회사에서 쓴다. 잠들기 전 침대에서 쓴다. 출근하는 버스와 지하철에서도 쓴다. 글도 휴대전화 메모장, 카카오톡, 태블릿PC, 회사 노트북, 남편 노트북 등 사방팔방으로 흩어져 있다. 덕분에 한 편의 글을 완성하려면 여기저기 흩어진 글을 찾는 수고가 필요하다. 게을러 보이고 체계적이지 못한 방식이지만 나와는 잘 맞는다.

모든 사람이 글을 쓸 필요는 없다. 그러나 쓰고 싶은 모두가 글을 쓸 수 있다. 게을러터지고 정리정돈을 포기한 나 같은 사람도 어떻게든 쓴다. 쓰고 싶을 때마다.

앉아서 하는 일이 뭐가 힘드냐고 하겠지만
글쓰는 일에는 생각보다 많은 에너지가 필요하다.
따라서 꾸준히 글을 쓰기 위해서는 피로감을 덜어줄 나만의 글쓰기 루틴을 찾아야 한다.

다독하지 못하는 집순이의 다짐

버려야 할 글은 없다

글을 잘 쓰려면 책을 많이 읽어야 한다. 아니 그래야 한다고 배웠다. 게다가 나는 문학을 전공했으며, 쉬는 날에는 집 밖을 벗어나지 않으려는 집순이가 아니던가. 한글을 배운 후부터 줄곧 독서의 중요성에 대해 배워왔으니 30대 후반인 나는 완독한 책만 수만 권이 되어야 할 테다.

이는 성급한 결론이다. 문학을 전공한 집순이도 다독(多讀)하지 못한다. 그나마 펼친 책 중에서도 끝까지 읽는 건 절반의 절반도 되지 않는다. 시간은 많고 책은 넘친다. 마음만 먹으면 하루에 한 권쯤 읽을 수도 있다. 한데 읽지 못한다. 매일 글을 쓰는 일을 하면서도 말이다.

–

다독하지 못하는 집순이에게도 사정은 있다.

어렸을 적에는 책을 재밌게 읽었다. 독서가 어렵고 귀찮아진 건 읽는 즐거움을 성과나 결과로 증명해야 하는 일이 늘어난 탓이다. 고등학교와 대학 시절이 특히 그랬다. 어머, 이건 꼭 읽어야 해. 이 작가를 모르면 어쩌니. 한 달에 고작 그것밖에 안 읽어서 어쩌려고. 하고 싶은 일이 '해야 할 일'이 되면 재미는 반감되기 마련이다.

취업을 하자 독서량은 더욱더 줄었다. 어쩌려고 책을 읽지 않느냐며 걱정하는 사람이 줄어서가 아니다. 독서로 지적 수준을 판가름하는 이들이 얄미워서도 아니다. 책 말고도 볼 게 많아진 탓이다. 과거에는 책과 신문에서만 양질의 정보를 습득할 수 있었다. 한데 요즘은 작은 스마트폰 하나면 어지간한 궁금증이 해결된다. 어디 이뿐인가. 재밌고 자극적이고 감동적이기까지 한 콘텐츠가 차고 넘친다 평생을 봐두 다 못 볼 만큼 말이다.

이 와중에 책은 또 얼마나 많은가. 매일매일 수많은 책이 출간된다. 서점마다 '북 소믈리에'가 있는 것도 아니니 책을 고르는 특별한 기준이 있는 게 아니라면 매번 인기 도서 코너만 기웃거리게 된다. 그럼 필독서, 명사 추천, 몇백만 권이 팔린 베스트셀러 등의 홍보 문구를 내건 책들이 눈에 띈다. 내 책장에도 그런 책이 꽤 있다. 다만 끝까지 읽은 책은 적다. 반대로 도서관에서 생각 없이 빌렸는데 읽어보니 너무 좋아서, 다 읽고도 밑줄을 긋기 위해 새로 구입한 책들도 있다.

그러니까 다른 콘텐츠와 비교해 책으로는 '내가 좋아하는 글'을 만나기까지가 쉽지 않다.

독서는 글쓰기에 도움이 된다. 인정한다. 그러나 많은 책을 읽어야만 잘 쓸 수 있다는 부분에는 동의하지 않는다. 독서는 양보다 질이다. 많은 책을 섭렵할 수 없다면, 몇 권의 책이라도 여러 번 곱씹어보는 편이 낫다. 《책은 도끼다》로 독서가 삶을 얼마나 풍요롭게 만드는지 보여준 박웅현 작가도 의외로 다독하는 스타일은 아니란다. 그는 한 방송 프로그램에서 이렇게 말했다.

"저는 다독하는 스타일은 아닌 거 같아요. 책을 깊이 읽는 거

같아요. (…) 요즘 시대에 어울리지 않는 말인데요. 책을 천천히 읽으려고 해요. 그러다 보니 '1년 몇 권을 읽어야겠다' 이런 다짐을 안 하려고 노력해요. 왜 그런 말이 있잖아요. 친구가 되려면 시간이 걸린다고. 책과 친구가 되려면 시간이 걸려요."

그렇다. 책은 친구다. 그러니 와닿지 않는 책을 붙들고 있는 것보다 내게 감동을 주는 책을 천천히 읽고, 다시 읽고, 또 읽는 게 낫다.

영상과 달리 책은 수고스러운 점이 많다. 책과 교감하기 위해서는 눈으로 한 글자 한 글자 따라가야 하고, 손으로 한 장 한 장 넘겨야 한다. 읽는 동안 지루하지 않도록 눈과 귀를 즐겁게 해주는 효과 따위는 없다. 친구로 따지면 손이 많이 가는 녀석이다. 내가 다가서지 않으면 친해지기 어렵다. 책과 친해지려면 몰입이라는 과정이 필요한 이유다.

장르마다 다르지만, 책은 내용을 읽는 시간 외에도 매락, 글쓴이 의도, 등장인물의 내면 등 글자 속에 숨겨진 것을 상상하고 곱씹고 생각하고 되뇌며 몰입하는 시간이 필요하다. 그 과정에서 학창 시절, 학원에서 문제를 풀 때 반드시 필요하다고 강조하던 '독해력' 비슷한 것이 생긴다. 독서가 글쓰기에 도움되는 이유는 이 '독해력'이 대부분을 차지하지 않을까 싶다.

독해력이란 단어까지 튀어나와서 독서가 더욱 어려워진 느낌일 테지만, '내가 좋아하는 글'이 가득한 책을 만나보면 안다. 그 즐거움이 여느 콘텐츠의 곱절은 된다는 걸. 나에게 맞는 책을 만나 읽고, 밑줄 긋고, 다시 읽고, 옮겨 적어보자. 하루 종일 수다를 떨다가 헤어져도 또 할 말이 생기는 친한 친구 같을 테니까.

–

다독하지 못하는 집순이는 오늘도 다짐해본다.

다독과 완독의 부담감에서 벗어나자.
정독으로 이겨내자.

나는 다독하지 못하는 집순이지만 글은 다작하려 애쓴다. 글은 운동과 닮았다. 반복하면 할수록 근육이 발달하고, 장르마다 재미와 매력도 다르다.

내가 쓰는 글의 종류는 다양하다. 회사에서는 기획안과 구성안을 쓰고, 글쓰기 모임에서는 시놉시스와 대본을 쓰고, 개인적으로는 에세이를 쓴다. 언뜻 보면 한 가지에 집중하지 못하는 산만한 사람 같다. 그러나 나는 운동처럼 글을 즐길 뿐이다. 봄에는 마라톤, 여름에는 수상스키, 가을에는 등산, 겨울에는 보드를 타는 것과 같다. 회사에서 쓰는 글은 먹고 살기 위해 쓰고, 소설은 이야기를 만드는 즐거움이 좋아 쓰고, 에세이는 공감받고 싶어서 쓴다.

술술 잘 써져서 여러 장르를 쓰는 게 아니다. 사실 글쓰기는 독서보다 몰입하기 더 어렵다. 어떤 이야기를 써야 할지, 첫 문장은 어떻게 시작해야 좋을지부터 시작해 쓰다가 막힌 글을 포기해야 할지, 수정하다가 엉망진창이 된 글은 심폐 소생이

가능할지 쓰는 내내 고민된다. 한 편의 글을 쓰기 위해 버려지는 이야기와 문장도 엄청나다.

"발레 강사님이 보호본능 일으키는 외모에 목소리도 우아하거든. 근데 수업만 시작되면 표정과 목소리가 돌변해. 몸짓도 박력 있고, 목소리도 고함에 가까워. 그 모습이 인상적이어서 묘사하고 싶었는데, 절반까지 쓰고 더는 못 쓰겠더라고. 그래서 포기했어."

얼마 전 직장 선배가 글에 관한 고민을 털어놨다. 취미로 시작한 발레에 흠뻑 빠지면서, 발레 이야기를 써보려 했지만 완성하기가 쉽지 않다는 것이다. 나는 그녀에게 어떤 이야기를 쓰고 있었냐고 물어본 뒤 막힌 글을 끝까지 쓰기 위해 내가 주로 쓰는 나만의 세 가지 방법을 알려줬다.

◆ 막힌 글을 끝까지 쓰는 요령

1 >> 로그라인(logline) 써보기
'로그라인'이란 영화 또는 드라마의 전체 줄거리를 한 줄로 요약한 글을 뜻한다. 나는 글이 정리되지 않을 때면 로그라인을 써본다. 어떤 이야기를 하려고 했는지 한 줄로 써보는 것이다. 발레 강사 이야기를 글로 옮기기로 마음먹었다면 우선 다음과 같이 몇 가지 로그라인을 써보고, 그중 한 가지를 선택해 글을 수정하거나 다시 작성해보는 게 어떨까.

- 내가 경험한 가장 박력 넘치는 예술, '발레'
- 내가 만난 가장 박력 넘치는 여자, '발레리나'
- 불혹(선배 나이), 발레를 배우기 가장 좋은 나이

이렇게 로그라인을 써보면 발레, 발레리나 강사, 그리고 불혹의 나이로 주제가 확연히 드러나므로 글을 쓰기도 쉬워진다.

2 >> 장르와 분량에 신경 쓰지 말 것

선배는 글쓰기 강좌를 들었던 적이 있다. 그래서인지 글을 쓸 때마다 '수필이니까 A4용지 한 장에서 한 장 반을 써야 해'라는 압박감이 있는 듯했다. 나는 그녀에게 형식과 장르에 얽매이지 말라고 당부했다. 선배는 30대인 나보다 SNS 계정을 잘 운영한다. 사진을 잘 찍고, 사진과 어울리는 짧은 글도 잘 쓴다. 그러니 발레 이야기 역시 발레 강사님의 사진과 함께, 인상적이었던 장면을 짧게 묘사해서 SNS에 올려도 좋을 것 같았다. 후에 그 장면을 모티브로 짧은 소설을 쓸 수도 있고, 다른 경험과 연관 지어 새로운 에세이를 써낼 수도 있다. 일상에서 만난 인상적인 장면이 모두 에세이가 될 필요는 없으니까.

3 >> 막히면 일단 관두기

어쨌든 쓰는 시간을 자주 갖는 게 중요하다. 쓰다가 막히면 다른 이야기를 쓰면 된다. 그렇다고 쓰던 이야기를 완전히 버리라는 게 아니다. 글은 김치 같아서 묻어두고 보관하는 기간에 따라 다른 맛을 낸다. 나는 선배에게 발레 이야기가 써지지 않으면 잠시 쉬고, 카페 또는 카페 주인장 이야기를 대신 써보는 게 어떻겠냐고 제안했다. 카페를 가는 게 일이자 취미인 그녀에게는 '많은 카페 이야기'가 있을 테니까.

티끌 모아 태산이라 했던가.
졸작도 모이면 귀한 글쓰기 재료가 된다.
미완성도 상관없으니 다작해보길 바란다.

이번 생에는 글렀다고 믿었던 글쓰기

첫 문장을 시작하는 방법

9년 전, 한 중견기업 홍보실에서 근무한 적이 있다. 경력직 이 직이었으나, 홍보 업무는 처음이라 신입사원이나 다름없었다. 상사는 적응할 시간이 필요할 테니 첫 업무는 간단한 것을 주 겠노라 하면서 이런 일을 시켰다.

"하루 씨, 보도자료 좀 작성해요. 이번에 대표님이 해외에서 출간할 책에 대한 보도자료니까 정신 바짝 차리고 쓰세요. 중 요한 자료라 상무님이 꼼꼼하게 검토해서 피드백하실 예정입 니다. 물론 대표님도 보시겠죠."

순간 '저기요. 이건 아니잖아요'라는 말이 나올 튀어나올 뻔 했다. 그래도 첫 업무였다. 잘못하면 퇴사할 때까지 찍힐 수도 있다. 마음이 복잡해져 대답이 나오지 않았다. 그사이 팀장은 쐐기를 박아버렸다.

"문예창작과 나왔다며? 실력 좀 보자."

문예창작과를 졸업했다. 그중에서도 내가 졸업한 학교는 순수 문학 중심의 글쓰기를 강조하던 곳이다. 4년 내내 읽고, 쓰고, 평론을 배웠다. 졸업 후에는 2년 동안 잡지사 인턴을 거쳐 신문사 기자로도 일했다. 그러나 이건 서류상 기록이다. 학교에서도, 회사에서도 글쓰기 때문에 곤욕스러울 때가 많았다. 그 아팠던 나날을 300회 분량의 웹소설로 쓸 자신도 있지만, 지금 여기에는 딱 세 가지 에피소드만 풀어놓겠다.

Episode 1. '다음' 편

학교 잔디밭에서 진행된 시 창작 수업에서였다. 교수님은 학생들이 낸 과제를 한 편씩 낭독한 후 신랄하게 비평해주었다. 그 사건은 한 동기가 쓴 시로부터 시작됐다.

"이건 시가 아니죠?"

교수님이 동기의 시를 읽고 내린 평가였다. 그 말에 여기저기서 자지러지며 웃는 아이들이 속출했다. 동기는 엉뚱한 구석이 있는 아이였기에 언젠가 이런 날이 오겠구나 싶었다. 하지만 내심 다행이라 생각했다. 다음이 내 차례였기 때문이다. 한바탕 웃음이 지나간 후에 내 시가 낭독됐다. 웃는 애들은 없었다. 교수님의 굵고 짧은 말이 떨어지기 전까지는 말이다.

"다음!"

내 시에 대한 평가다. 눈물까지 흘리며 웃는 아이들 옆에서 나도 따라 웃었다. 10년도 더 지났지만, 잊히지 않고 떠오를 때마다 팔에 닭살이 돋는다. 물론 엉뚱했던 동기가 쓴 시도 선명하게 기억한다. 그 시는 이랬다.

빵

빵이 먹고 싶다.
빵을 먹으면
배가 빵빵해질 것 같다.
빵을 먹었다.

빵을 먹으니

배가 진짜 빵빵해졌다.

동기가 쓴 글은 시가 아니라고 했고 내게는 '다음'이라고 했으니. 내가 쓴 작품은 다음에 공개하기로 하겠다.

Episode 2. '공주님' 편

"너 같은 애들은 글 쓰면 안 돼."

종강 파티가 있던 날. 술기운이 오른 교수님이 내게 한 말이다. 같이 취했다면 볼 만한 장면이 연출됐겠지만, 난 말짱했다. 또박또박 대꾸할 수 있을 정도로.

"왜요?"

"상처가 안 보여. 너처럼 넉넉한 집에서 사랑만 받고 자란 공주 같은 애들은 글 못 써."

교수님은 점집 차리면 큰일 나겠군, 싶었다. 나는 '현재 부모님이 이혼하려는 중이고, 아버지 사업은 곧 부도가 날 것 같으며, 월셋집에 살면서 아르바이트 중이고, 어쩌면 학교를 졸업하는 게 어려울지도 모르고, 이 와중에 남자친구는 양다리를 걸치고 있다'는 사실을 밝히지 않았다. 대신 "그렇게 봐주셔서 고맙습니다"하고 고개를 꾸벅 숙였다.

Episode 3. **'직장 학교' 편**

졸업 후 기자가 됐다. 비슷한 시기에 졸업한 동문들은 각각 출판사, 방송작가, 광고회사로 취업했다. 신문사에 취직한 사람은 적었다. 지금도 의아한 건, 당시 입사시험에서 기사 작성능력이 큰 비중을 차지했는데도 내가 합격했다는 사실이다. 그리고 글쓰기 악몽은 다시 시작됐다.

첫 업무는 칼럼을 다듬는 일이었다. 선배는 "친한 취재원이 쓴거니까 신경 써"라며 당부했다. 종일 책상에 앉아 글을 수정했지만 쉽지 않았다. 애초부터 '읽기 힘든 글'이었다. 짧은 글에 전문용어, 한자어, 영어가 범벅이었고, 글의 주제는 마지막 마침표가 찍히는 순간까지도 오리무중이었다. 이런 글을 작성자의 문체를 살려주면서, 독자에게는 쉽게 읽히도록 수정해야 하다니. 이런 게 사회생활이구나 싶었다.

"야! 너 학교에서 뭐 배웠냐?"

내가 고심 끝에 고쳐 간 칼럼을 확인하던 선배가 짜증을 냈다. 이 사람이 형편없이 글 쓰는 건 알겠는데, 더 형편없게 고치면 어쩌느냐는 것이었다. 그날 건물 계단에 홀로 앉아 입을 틀어막고 펑펑 울었다. 두고 보자는 마음으로 이를 갈았다. 그러나 반전은 없었다. 입사 후 6개월 동안은 글쓰기로 매일 혼났고, 처음 울었던 그 계단은 내게 '눈물의 계단'으로 불리게 됐다.

—

이직 후 홍보팀에서 일하게 되자 '글쓰기 업무'가 줄어들 거란 기대가 컸다. 한데 첫 업무가 보도자료라니. 미치고, 팔짝 뛰고, 거꾸로 돌아서, 공중회전 열 번을 할 뻔했다.

보도자료를 쓰는 일은 기사 작성보다 어려웠다. 일부 언론사에서는 받은 자료를 그대로 기사로 내보내는 일도 있기 때문에, 홍보자료는 바로 기사로 쓰기에도 손색이 없어야 한다. 신문사에서 이론을 배웠지만, 이론은 이론일 뿐 실전은 더 어려웠다. 끙끙거리며 쓴 보도자료는 만족스럽지 않았다.

게다가 당시 상무님은 언론사 문화부에서 20년 넘게 근무하셨던 분으로, 홍보실에선 '빨간펜 선생님'으로 통했다. 보도자료를 제출하면 최소 열 번은 퇴짜를 놓는 것으로 유명했다. 다들 치가 떨려서 신입인 내게 일을 떠넘긴 게 아닌가 싶을 정도였다.

한데 이상한 일이 벌어졌다. 내가 쓴 첫 보도자료는 상무님께 두 번 퇴짜 맞고, 바로 언론사에 뿌려졌다. 얼마 후 상무님 호출이 이어졌다. 이건 보도자료 담당자가 되는 절차가 아닌가?

"완벽하게 잘 써서 통과시킨 거 아냐. 하루 씨가 아침부터 밤까지 여러 가지 버전으로 작성하고, 제목도 여러 개 뽑고, 열심히 해줘서. 그 노력이 예뻐서 통과시켰어."

아니었다. 상무님은 내 실력보다 태도가 마음에 든 눈치였다. 그래도 기뻤다. 부끄럽게도 글을 쓰고 받은 첫 번째 칭찬이었다.

–

〈빵〉이란 시를 쓴 동기도 아직 글을 쓰고 있다. 어쩌면 우린 '잔디' 같은 녀석들인지도 모르겠다. 밟고 밟아도 굽히지 않고

꾸역꾸역 글을 쓰는 '글 잔디'랄까. 잔디는 폭염에도 시멘트벽을 뚫고 나오는 강한 생명력을 지녔다. 고로 **잔디처럼 글을 쓴다는 것은 번뜩이는 영감 없이도 써내는 것이자 기어코 칭찬을 받아낸다는 것이다.**

'첫 문장'의 중요성에 대해 강조하는 글쓰기 책이 많다. 나도 끄덕끄덕 동의하는 부분이다. 그러나 중요한 것은 '어려운 것' 이 되기도 한다. 특히 글쓰기 초보자나 나처럼 '글쓰기 싫어 증'에 자주 빠지는 이들은 더욱더 그렇다.

막연하게 쓰고 싶은 이야기가 있어도 그럴듯한 첫 문장이 떠오르지 않아 노트북을 닫아버릴 때가 많다. 첫 문장에 힘을 잔뜩 주고 나니 기운이 다 빠져서 다음 문장을 포기하기도 한다. 첫 번째 문장과 어울리는 문장을 고민하게 되니까.

나는 글쓰기 초보자에게 '첫 문장'을 쓰느라 힘 빼지 말 것을 권한다. 이야기가 매끄럽지 않으면 첫 문장이 아무리 좋아도 잘 읽히지 않는다 때문에 첫 문장을 고민할 에너지로 '이야기를 끝내는 경험'을 늘리라고 하고 싶다. 글은 한 번에 완성되지 않는다. 퇴고를 반복할수록 글은 반듯해지고, 문장은 쓰고 지우기를 반복할수록 빛난다.

초짜가 초고부터 문장에 집착하다 보면, 자칫 특정 문장을 지키기 위해 주제를 안드로메다로 보내버리는 실수로 이어질 수 있다.

첫 문장에 힘쓰지 말자는 무책임한 소릴 해댔으니, 반대로 첫 문장이 막힐 때 참고할 만한 글쓰기 팁도 소개한다.

◆ 첫 문장이 막힐 때 떠올리면 좋을 팁

1 >> 결정적인 순간부터 써보자

다짜고짜 사건이 터진다. 앞뒤 설명 없이 자극적인 장면이 나온다. 막장 드라마가 떠오를 수도 있다. 그러나 영상이 아닌 글에서도 제법 많이 쓰이는 방법이다. 예를 들면 손원평 작가의 소설 《아몬드》는 이렇게 시작된다.

그날 한 명이 다치고 여섯 명이 죽었다.

중요한 사실이나 결정적 장면을 첫 문장으로 배치했을 때 장점은, 뒤가 궁금해서 일단 읽게 된다는 점이다.

2 >> 주연을 소개하자

글에도 주연이 있다. 사람일 수도 있고, 동물일 수도 있고, 공간일 수도 있고, 물건일 수도 있다. 첫 문장에서 누가 이 글의 주연인지 친절히 보여주자. 예를 들면 정세랑 작가의 단편소설 《웨딩드레스 44》의 첫 문장은 다음과 같다.

그 드레스는 2013년 7월, 캐나다 데이 세일 기간에 밴쿠버의 작은 창고에서 픽업되어 한국으로 수입되었다.

이 문장은 곧 '물 건너온 드레스를 입게 되는 44명의 사람'에 대한 이야기로 이어진다. 주연을 각인시켜주면 이야기가 훨씬 쉽게 풀린다.

3 >> '말'로 시작해보자

때에 따라 한마디 말이면 긴 설명이 필요 없다. 글도 그렇다. 음성지원이 되지 않는 글이라도 대화체, 즉 '말'을 옮겨 석게 되면 생동감이 추가된다. 이경미 감독의 산문집 《잘돼가? 무엇이든》에 수록된 〈눈물병〉은 이런 질문으로 시작된다.

"우리가 결혼하면 식장에서 아빠는 진짜 쫌 울 것 같지 않아?"

이 글은 결혼식을 상상하는 자매의 대화로 시작된다. 그리고 바로 다음 문단에 진짜 결혼하게 된 동생의 이야기가 등장한다. 첫 문장 탓일까. 결혼식에서 자매의 아빠가 울지 안 울지 궁금해진다. 이렇듯 의미심장한 말을 첫 문장으로 쓰면, 독자는 '진짜 그럴까?' 하는 궁금증에 다음 문단도 읽게 된다.

4 >> 주제를 보여주고 시작하자

첫 문장에 주제를 노출하여 어떤 이야기가 펼쳐질지를 가늠케 하는 방법도 있다. 김영하 작가의 산문집 《포스트잇》에 포함된 〈습격〉의 첫 문장이 그렇다.

이성에게 자신을 오래도록 기억하게 하는 두 가지 방법.
하나는 변태를 가르치는 것이고 다른 하나는 음악을 선물하는 것이다.

이번에는 혹시나 두 가지 방법이 무엇인지 궁금할 분들을 위해 두 번째 문장까지 가져와 봤다. '이성에게 자신을 오래도록 기억하게 하는 방법'이라는 문장처럼, 이 글은 음악과 연애에 관한 이야기다. 이 방법을 활용하면 글을 쓰는 동안 계속 주제를 떠올리게 된다. 글이 삼천포로 빠질 확률이 줄어든다. 따라서 주제가 선명한 글이 될 확률이 커진다.

5 >> 인용문을 사용하자

주제를 깔끔하고 확실하게 보여주는 방법이다. 물론 그만큼 내 글의 주제와 궁합이 잘 맞는 인용문을 찾는 수고가 필요하다. 이기주 작가의 산문집 《언어의 온도》 중 〈진짜 사과는 아프다〉란 글은 드라마 〈파리의 연인〉의 대사로 시작된다.

"한기주 씨, 미안할 때는 미안하다고 말하세요.
자존심 세우면서 사과하는 방법은 없어요."

그 뒤에 이어질 작가의 고백을 짐작하게 하는 뜨끔한 문장이다. 글의 제목과 드라마 대사가 앞으로 이어질 이야기를 아주 분명하게 보여준다. 인용문은 이렇게 긴 설명 없이 한 문장으로 주제를 보여준다.

사실 첫 문장에 힘을 빼야 할 이유는 또 있다. **첫 문장은 한 번 써놓고 끝이 아니라, 글을 완성하는 마지막 순간까지 붙들고 수정해야 하는 문장이다.** 초고가 완성되면 이야기를 가장 돋보이게 하는 첫 문장을 찾아 고치고 또 고쳐야 한다. 아주 지겹도록 말이다.

친해지고 싶었어, 이 동네랑
✎ 불편해도 써야 하는 이유

"한겨울에 수영? 너 분명 하루 이틀 나가고 안 나간다!"

남편은 장담했고, 난 의외의 성실함을 발휘했다. 오기는 아니었다. 이유가 있었다. 일단 나는 수영을 좋아했다. DJ가 분위기를 띄우는 나이트 인피니티 풀에서도 선수용 수영복을 입고, 수영모와 물안경까지 쓰는 사람이 나였다. 화려한 조명과 클럽 음악이 흐르는 그곳에서 배영을 하는 사람도 나였다.

겨울 수영을 선택한 이유는 이뿐만이 아니다. 집과 5분 거리에 수영장이 있었다. 무엇보다 내가 사는 동네에 정을 붙여보고 싶었다.

결혼 전까지 집은 '잠자는 곳'에 불과했다. 부모님 집이 있는 동네는 하루 반나절 이상 시간을 보내는 대학이나 직장과는 거리가 멀었다. 성인이 된 후 독립해서 살았던 기간을 제외하더라도 9년 넘게 같은 곳에 살았건만, 도무지 그곳에 적응되지 않았다. 누군가 내게 동네 맛집이라던가 편의시설 위치를 물으면 답할 수 없었다. 모르니까.

결혼하고 이사한 첫 번째 동네에서도 크게 다르지 않았다. 출근하고 퇴근하며 지나칠 뿐이라 마트, 도서관, 관공서, 맛집 위치 정도만 알았다. 동네에서 시간 대부분을 보낸 곳은 집 밖이 아닌 집 안이었다. 그래서 두 번째 전셋집으로 이사할 때는 결심했다. 이 동네에서는 먹고 자는 일 외에 다른 것을 해보리라. 그게 수영장 등록이 될 줄은 몰랐지만.

–

수영 첫날. 쭈뼛쭈뼛 등록한 반으로 다가가자 한 아주머니가 처음 보는 내 등을 토닥이며 반겼다. 갑작스러운 스킨십에 놀라 물러서니, 이번에는 또래 여자가 불쑥 다가와 내 귀에 속삭였다.

"여기 강사님도 좋고, 사람들도 좋아요."

귀에 남은 그녀의 뜨거운 입김에 놀라 나는 '자유 수영을 등록할 걸 그랬나? 지금 강습을 취소하면 수수료는 얼마나 물게 될까?' 이런 고민을 했더랬다. 그러나 삑삑 삑삑, 삑삑, 삑, 삑. 호루라기를 들고 등장한 강사님을 따라 준비운동을 하고 물에 들어갔다 나왔더니 한 시간이 후딱 지나 있었다. 일단 한 달은 다니고 결정하기로 했다.

한 달이 지나자 수강생은 두 배로 늘었다. 1월이었다. 많은 사람이 작정하고 결심하는 시기다. 스포츠센터는 그런 사람들이 압도적으로 몰리는 장소다. 내가 등록한 반도 열다섯 명에서 스물다섯 명으로 늘었다. 헤엄치는 시간보다 대기하는 시간이 길어졌단 뜻이다.

북적이는 수영장은 샤워장도 만석이었다. 주인 없는 자리 찾기가 힘들었다. 여기저기 기웃거린 끝에 겨우 구석 자리를 잡을 수 있었다.

"아가씨 옆에 있는 샤워기는 주인 없죠?"

머리에 샴푸를 가득 묻힌 왼쪽 자리 할머님이 때마침 사람이 빠져나간 내 오른쪽 옆자리를 두고 한 말이었다. 내가 없다고 하자 할머님은 손녀뻘로 보이는 20대 후반 여자를 데려왔고, 나는 두 사람 사이에서 씻기 시작했다. 할머님과 그녀는 나를 사이에 두고 대화를 주고받았다.

"지연 씨, 왜 그동안 안 보였어요?"
"잠시 외국에 다녀왔거든요. 그래서 그때 잠깐 쉬게 될지도 모른다고 말했던 거예요."
"그랬구나. 난 그런 줄도 모르고…."
"왜요? 무슨 일 있었어요?"
"아니, 그게 아니라. 내가 지연 씨 보고 싶어서 눈에 곰팡이가 생길 뻔했거든."

키득키득, 깔깔깔.
샤워장에 웃음소리가 울렸다. 이것이 할머님이나 지연 씨의 웃음소리였다면 참 좋았을 텐데, 나였다. 두 사람과 아무런 사이가 아닌 내가 웃어버렸다. 어르신이 손녀뻘 되는 젊은 아가씨에게 '지연 씨'라고 불러주는 게, 눈에 곰팡이가 필 정도로 보고 싶다고 표현하는 게 귀여워서 나도 모르게 웃어버렸다. 이때였다. 동네가 편해지고 있다는 생각이 들었던 순간 말이다.

—

동네에 정착한다는 건, 나와 가까운 곳에서 일어나는 크고 작은 일에 관심을 두고 반응하게 된다는 뜻이 아닐까. 집 바로 앞에 수영장이 있던 동네는 2년 후 떠나게 됐지만, 요즘도 그 주변을 지날 때면 그리운 마음이 든다. 뭐가 그리 그립냐고 묻는다면 대답하기 어렵다. 그저 할머니의 귀여운 말투, 한파였기에 수영장을 나오면 얼기 시작했던 머리카락 끝, 내게 귓속말로 이런저런 정보를 알려주던 여자의 목소리 등. 오만 가지 이미지가 떠오를 뿐이다.

많은 사람이 의지와 상관없이 정든 동네를, 좋아하는 사람을, 몸담고 있던 곳을 떠나야 하는, 불안한 매일을 산다. 이제는 정착하지 못하는 삶이 보통의 삶인지도 모르겠다.

머지않아 '정착'이란 명사는 한 곳에 견고하게 머문 시간이 아닌 내 삶이 오간 모든 장소를 떠올릴 때 쓰일 수도 있을 것이다.

지금 와서 생각해보니, 부모님과 살던 동네에 적응하지 못한 것에는 나의 삐딱함도 한몫했다. 이 동네는 왜 이렇게 교통편이 안 좋을까. 대체 여긴 왜 편의점과 카페가 멀까. 동네 스포츠센터는 유일하단 이유로 터무니없이 비싸군. 게다가 지나치게 자연 친화적이라 심심하기까지. 늘 동네의 장점보다 단점을 파악하는 데 열을 냈다.

결혼 후 그 동네를 떠난 지 5년이 된 지금. 내가 꼽은 동네의 모든 단점이 사라졌다. 버스 노선이 개선됐고, 멀지 않은 곳에 지하철 역이 생긴다는 소식도 들려온다. 이뿐만이 아니다. 이제 집 앞에는 여러 브랜드의 편의점과 카페가 즐비하고, 여기저기 생겨난 스포츠 센터들이 서로 경쟁하기 시작하면서 등록비가 착해졌다. 그러면서도 아직도 자연 친화적이라 산책할 맛이 난다. 동네가 이만큼 변할지 몰랐다. 아니, 착각했다. 구석에 있는 동네는 계속 외면받은 채로 변화되지 않을 거란 착각. 이제는 깨끗하게 인정한다. 그 동네는 살기 좋은 동네라고.

이렇게 틀렸다고 인정하는 일이 많음에도, 나는 여전히 많은 것에 삐딱하다. 왜일까. 때로는 불만에서 비롯된 삐딱한 생각이 글감을 만들어준다고 믿는 탓이다.

서점에 가보면 삐딱하게 바라보는 것 자체가 좋은 글감이 된다는 사실도 확인할 수 있다. 잘 생각해보시길. 한 권쯤 떠오르는 책이 있을 것이다. 다른 사람의 무례함을 참지 말자는 내용의 책이라든가 퇴사를 추천하는 책, 너무 노력하지 말고 포기할 건 깔끔하게 포기하자는 책, 여성과 노인에게 불평등한 사회에 관한 책 등. **이렇듯 글을 쓰는 일은 삐딱하지만 웅크린 채 숨어 있는 내 감정과 마주하는 기회이기도 하다.**

단점을 찾아내려는 시선을 유지하면 자칫 부정적인 사람처럼 보일 수도 있다. 하지만 문제가 될 만한 요소를 예민하게 느낀다는 점에서, 변화를 만드는 실마리가 되기도 한다. 글쓰기는 그럴듯한 문장을 나열하는 단순한 과정이 아니다. 생각을 정리하고, 가치를 깨닫고, 의미 있는 메시지를 공유하는 일이다. 그 때문에 완벽한 문장이 아닌데도 사랑받는 글에는 마음을 움직이는 메시지가 깃든 경우가 많다.

세계적인 아이돌 '방탄소년단'을 만든 빅히트 엔터테인먼트

방시혁 대표의 '서울대 졸업식 축사'가 화제된 적이 있다. 나는 방시혁 대표를 떠올리면 〈위대한 탄생〉이란 오디션 프로그램이 생각난다. 방송에서 비친 그는 매사에 부정적인 사람이었다. 매회 화를 내고, 출연자에게 비수가 될 만한 말을 했으니까. 그동안 읽었던 자기계발서에 대입하면 저런 사람은 실패할 확률이 높다. 한데 그는 성공했다. 그것도 대성공.

방시혁 대표는 방탄소년단을 키워내며 긍정적인 사람이 된 걸까. 아니었다. 축사하는 그는 〈위대한 탄생〉에서 봤던 그 모습 그대로였다. 더욱 놀라웠던 건, 그가 자신이 꿈을 이룰 수 있었던 비결이 '삐딱함'의 원천인 '불만' 덕분이라 고백한 부분이었다.

"여러분! 저는 꿈은 없지만 불만은 엄청 많은 사람입니다. (…) 오늘의 저와 빅히트가 있기까지, 제가 걸어온 길을 되돌아보면 분명하게 떠오르는 이미지는 바로 '불만 많은 사람'이었습니다. (…)

저는 별다른 꿈 대신 분노가 있었습니다. 납득할 수 없는 현실, 저를 불행하게 하는 상황과 싸우고, 화를 내고, 분노하며 여기까지 왔습니다. 그것이 저를 움직이게 한 원동력이었고 제가 멈출 수 없는 이유였습니다. (…)

저는 앞으로도 꿈 없이 살 겁니다. 알지 못하는 미래를 구체화하기 위해서 시간을 쓸 바에, 지금 주어진 납득할 수 없는 문제를 개선해 나가겠습니다."

그의 말대로라면 부정적인 생각과 감정이 쓸모없을 때는 부정을 부정하려 할 때뿐이다. 그러니까 불편한 감정과 생각이 드는데도 원인을 찾지 않고, 개선할 의지조차 보이지 않을 때 말이다.

그렇다고 무작정 삐딱해지진 말자. 화를 내는 글일수록, 분노하는 글일수록, 지적하는 글일수록 나의 말을 뒷받침할 논리적인 근거가 있어야 한다. 만약 근거를 제시하기 어렵다면 나와 같은 주장을 한 유명인의 말이나 글, 또는 신뢰할 만한 통계자료를 찾아보자. 삐딱한 글로 누군가의 '뼈를 때리고' 싶다면 설득력이 필요하다.

부정적인 감정을 되짚어야만 이성적인 해결책이 보인다.
그러니 모든 삐딱함을 꾸짖지 마시길.

회사 동료와 함께 간 쇼핑몰에서 민주를 만났다. 키가 좀 자랐을 뿐. 그녀 얼굴은 초등학교 시절 그대로였다. 그런데도 나를 먼저 알아본 건 그녀였다.

"혹시 이하루? 진짜 오랜만이다!"

민주는 반갑다며 내 쪽으로 한 발자국 다가왔고, 나는 고개를 끄덕거리면서 한 발자국 물러섰다. 정말 오랜만이긴 했다. 20년만이었으니까. 나는 민주의 얼굴을 빤히 보다가 그녀가 두 손으로 쥐고 있는 유모차로 시선을 옮겼다. 이제 돌이나 지났을까 싶은 작은 아기였다.

"셋째야."

어릴 적 그녀가 "내 꿈은 나중에 빨리 결혼해서 아이 셋을 낳는 거야"라고 했던 것이 떠올랐다. 성인이 되어서도 꿈이 달라지지 않았다면 꿈을 이룬 셈이었다. 그녀는 여전했다. 원하는 모든 걸 갖고 사는 인생처럼 보였다.

어디 살아? 결혼했니? 아이는? 직장 다녀?

그녀는 내게 묻고 싶은 게 많았나 보다. 하지만 난 그녀가 궁금하지 않았다. 민주의 긴 질문과 나의 짧은 답변이 오갔다. 모르는 사람이 봤더라면 설문조사 중인 줄 알았을 거다.

"그럼, 가끔 이렇게 보자."

묻다 지친 민주가 끝내 묘한 말을 남기고 돌아섰다. 그러자 함께 있던 회사 동료가 호기심 가득한 얼굴로 누구냐고 물었다.

"초등학교 동창이요. 호구였죠."

"호구? 저분이 하루 씨 호구?"

"아뇨. 제가 쟤 호구요."

"에이, 거짓말. 할 말 다 하는 하루 씨가?"

초등학생 민주는 쾌활했고, 운동을 잘했고, 부모님이 부자였고, 또래보다 어른 같은 구석이 있었다. 특히 무표정하거나 살짝 웃을 때가 압도적이었다. 또래보다 훨씬 많은 걸 알고 있다는 듯한 얼굴이 되곤 했으니까. 게다가 미국에서 전학 와서인지 '스웩(swag)'이 남달랐다. 선생님과 대화할 때도 눈을 쳐다보며 자기 생각을 정확히 전달했다. 그 모습을 1990년대 초반의 초등학생들은 '아메리칸 스타일'이라 불렀다. 그녀도 그 말이 싫지 않았는지 '미국에 있을 때'로 시작되는 이야기를 자주 꺼냈다. 유튜브가 없던 시절이므로 민주의 얘기는 흥미로운 것투성이였다.

점점 더 많은 아이들이 민주와 친해지고 싶어 했다. 나도 마찬가지였다. 아이들 세상은 어른들이 보여주는 세상의 축소판이다. 집중된 권력은 사람을 변화시키고 권력을 쥔 사람은 타인을 배려하는 법을 잊게 된다. 스웩이 넘치는 열두 살 초딩도 그랬다.

"난 소영이 생파 안 갈 거야. 너희들도 가지 마."
"지예야, 나가서 라면 좀 사와."
"난 혜정이 싫어. 다들 쟤랑 말하지 마."

'플리즈(부탁해)'가 '하지 마'와 '해'로 바뀌는 데는 오랜 시간이 걸리지 않았다. 그쯤에서는 아무도 민주의 말을 거절하지 못했다. 진한 우정을 바라던 마음에 작은 공포가 스몄다.

"넌 고무줄 못하니까, 저기서 깍두기로 서 있어~"

고무줄 놀이할 때도 민주가 시키는 대로 얌전히 서 있었다.

"쟤 혼자 남은 거 봐. 불쌍하네. 하하하."

'우리 집에 왜 왔니'를 했다. 그녀가 의도적으로 나를 혼자 남겨놓고 깔깔거렸다. 눈물이 고일 만큼 치욕스러웠으나, 민주에게 웃어 보였다. 어디 그뿐인가.

"쟤 빨간 돌 건드렸잖아! 내 말이 맞지?"

민주의 말에 동조하며 거짓말을 진실로 만들어주는 역할도 마다하지 않았다. 민주가 싫어하면 왕따가 되는 건 시간문제였다. 왕따보다 호구가 나았다. 위축되고 창피한 건 견딜 수 있지만 심심하고 외면받는 건 최악이었다. 평범한 초등학생에게는 더욱 그랬다.

모두가 호구였던 건 아니다. 민주에게도 호구와 친구 경계는 분명했다. 슬기라는 아이와의 관계가 그랬다. 민주에게 슬기는 예외였다. 슬기가 우스꽝스럽게 넘어지면 민주가 일으켜 세워줬고, '우리 집에 왜 왔니'를 할 때면 슬기부터 데려왔다. 민주에게 슬기와 나는 전혀 다른 의미의 친구였으리라. 나는 비교되는 상황에 놓일 때마다 민주에게 잘하려 애썼다. 나도 진짜 친구가 되고 싶었다.

일방적으로 애쓰는 마음은 연료가 금방 바닥나기 마련이다. 중학교 입학을 앞두고 슬기가 전학을 가게 됐다. 민주는 아이들을 모아놓고 펑펑 울었다. 아이들은 울고 있는 그녀를 위로했다. 몇몇은 함께 눈물을 짜내려고 했으니 공감도 얻은 셈이었다. 민주는 슬기와의 헤어짐을 스웩 있게 기념하기로 계획하고, 이별식을 위한 돈을 모으자고 했다.

그때였다. 민주에 대한 '공포'기 '미움'으로 바뀐 순간 말이다. 나를 존중해주지 않는 친구가 미웠다. 그 친구가 존중하는 유일한 친구를 위해 나의 자존감을 땔감처럼 태우는 게 싫었다. 이럴 바에는 심심하고 외면받는 편이 낫겠다 싶었다. 그날 이후, 나는 더이상 민주를 위해 노력하지 않았다. 같은 중학교에

입학했지만, 복도에서 마주칠 때도 모르는 사람처럼 지나치기
일쑤였다.

—

이렇게 나의 호구 시절은 끝났을까? 에이 설마. 중학교 때는
또 다른 친구에게 그랬고, 고등학교 때는 연예인에게 그랬고,
대학 때는 남자친구에게 그랬고, 사회에 나와서는 상사에게
그랬다. 호구 짓은 한 번으로 끝나지 않았다. 끝끝내 이불 킥
을 날리게 될 걸 알면서도, 호구 짓을 반복하고 또 반복했다.
그중 가장 소름 돋는 흑역사는 '양다리 걸친 남자친구에게 차
여놓고도 매달렸던 사건'이 아닐까 싶다. 만약 그 남자를 다시
만난다면, 그가 내게 다가와 자신만만한 얼굴로 인사한다면,
나는 아주 반가운 표정으로 이렇게 말할 테다.

"꺼져."

—

부끄러움과 상처를 남긴 기억을 잊지 않으려고 애쓴다. 그 시

간도 내 시간이니까. 나는 그 시간을 지나 성장했으니까. 그리고 이제는 안다. 때론 조직과 무리에서 배제될 수도 있고, 아무리 노력해도 상대가 나의 진가를 몰라주기도 하고, 가끔은 애틋했던 상대가 나를 쉽게 버리기도 한다는 것. 이 사실을 알기 때문에, 지금의 나는 조금은 덜 상처받는 삶을 살고 있다.

그런 의미에서 민주와 함께했던 시간을
남들이 흑역사라 부른 데도
내게는 '창피했던 호구 시절'이 아니라
'찬란했던 호구 시절'이다.

민주 이야기를 한 플랫폼에 올렸을 때 이런 댓글이 달렸다.

- 초딩 때 일을 글로 싸지르면서 자기 위안하고 자빠졌네. 나이 처먹고
  졸라 한심하다.

댓글은 알람을 받은 지 1분 만에 사라졌다. 대체 어떤 사람인
지 궁금해 아이디를 찾아봤지만 검색되지 않았다. 댓글 작성
자를 찾는다면 이런 질문을 하려던 참이었다.

- 나이 처먹은 사람은 감정에 솔직하면 졸라 한심한 건가요?

거짓말을 많이 할수록 자존감이 낮아진다. 거짓말은 대부분
타인을 의식하는 마음에서 비롯되기 때문이다. 그리고 이런
습관은 내상에 취약하다. '자아정체성 출혈'이라든가 '자존감
골절'이 생길 수 있다. 게다가 치료법도 없다. 그래서 **나는 글
을 쓰는 순간만큼은 솔직해져야 한다고 믿는다.**

나는 글쓰기를 할 때만큼은 배우 짐 캐리가 되려고 한다. 글쓰기에 몹쓸 개그 욕구를 발휘하겠단 얘기가 아니다. 짐 캐리 영화를 보면서 비로소 솔직해지고 싶어졌다. 그는 영화 〈마스크〉로 세계적인 스타가 됐다. 그러나 내가 그를 눈여겨보게 된 것은 그 후에 찍은 영화 〈라이어 라이어〉와 〈트루먼 쇼〉에서였다.

〈라이어 라이어〉는 늘 거짓말만 하는 변호사 아빠가 아들의 소원으로 하루 동안 거짓말을 못 하게 되면서 벌어지는 이야기다. 그리고 〈트루먼 쇼〉는 전 세계인에게 24시간 생중계되는 가짜 세상에 살던 남자가 진짜 세상으로 탈출하는 내용을 담았다. 즉, 두 작품 모두 '거짓말'에 관한 영화다. 짐 캐리는 거짓말하는 연기부터 거짓말에 속는 연기까지, 완벽했다.

두 영화 속 그의 모습을 보며 낄낄거리다가 문득 이런 생각이 들었다. 내가 사는 세상이 또 다른 〈트루먼 쇼〉는 아닐까? 〈라이어 라이어〉 속 짐 캐리가 "어른들의 세상에서는 진실만 말해선 살아남을 수 없단다"라고 했던 것처럼, 나도 '진실과 진심을 숨기는 게 내 삶에 도움이 된다'고 믿어왔던 건 아닐까?

처음 에세이를 쓸 때는 감추는 게 많았다. 구체적으로 쓰면 모자란 구석이 들통 날까 봐, 솔직하게 쓰면 비난받을까 봐 염려

스러운 부분은 늘 추상적인 문장으로 모자이크 처리를 하곤 했다. 마치 선정성으로 '19세 관람' 딱지를 붙여놓고, 정사 장면은 생략한 영화 같았다. 격정적으로 키스하는 장면에서 하얀 이불을 덮고 다정하게 누워 있는 주인공들의 모습으로 장면이 전환되는 영화. 이런 영화를 볼 때마다 어찌나 허무하던지.

에세이는 작가가 노골적으로 드러나는 장르다. 화려한 문장으로 자신을 감추는 것보다 깨닫고 변화되는 과정을 솔직하게 보여주는 편이 더 매력적이다. 일기가 아닌 '읽히는 글'을 쓰기로 마음먹었다면 드러내야 한다. 진짜 나를.
글을 쓸 때는 내가 갇혀 있는 〈트루먼 쇼〉 속 세상에서 벗어나 하루 동안 진실만 떠들게 되는 〈라이어 라이어〉의 짐 캐리가 되어보는 건 어떨까. **'남'을 의식하지 말고 '나'에 대해 진솔하게 써보자. 별 볼 일 없게 느껴지는 시시한 일상도 일단 그대로 옮겨보자.**

우리는 '특별한 사람이 되고 싶다는 욕망'과 '부족한 자신을 그대로 사랑해주지 못한다는 자책감'을 동시에 안고 살아간다. 종종 모순적인 두 마음이 부딪쳐 혼란스러울 때도 있다.

솔직한 글쓰기는 이런 갈등을 다스리는 데 도움이 된다. 내 안에 숨은 특별함을 찾아주고, 자신을 좀 더 사랑하게 되는 계기가 되기 때문이다.

글은 '신비주의'보다 '솔직주의'로 썼을 때 통하는 경우가 많다. 내 마음을 닫아놓고 상대가 내 마음을 읽어주길 기다리는 것보다, 마음을 전부 다 털어놓고 상대가 나를 공감해주길 바라는 쪽이 빠르다.

슬쩍 한마디 더 보태면 의외로 '나만의 흑역사'라 생각했던 일도 '우리들의 흑역사'인 경우가 부지기수다. 괜찮다는 말보다, 힘내라는 말보다 나와 비슷한 흑역사를 가진 사람이 있다는 것을 알게 되는 게 백 배 천 배 더 위로된다.

사람 사는 게,
저마다 다 다르면서도 비슷하니까.

엄마를 인터뷰했던 밤

일상에서 글감을 찾는 방법

불 꺼진 실내 안 유일한 불빛은 창밖으로 보이는 서울 야경뿐이었다. '서울의 밤'은 늘 화려했지만, 그날 밤은 고요했다. 촘촘하게 세워진 빌딩, 그 사이를 꽉 채운 사람들, 그 모습을 비추고 있는 한강까지. 활기 넘치던 도시가 잠잠했다. 엄마와 처음으로 함께 본 서울 야경인데 말이다.

훗날 생각해보니 그곳이 알코올 냄새가 진동하는 2인 병실이 아니었다면 우리의 밤은 달랐을지도 모른다. 그러나 분명한 건 조용한 서울 야경은 '수술을 기다리는 엄마'에게 무엇이든 묻고 싶게 만들었다는 사실이다.

"엄마, 무서워?"

엄마는 몇 분간 대답이 없었다. 뇌수술이란 단어가 주는 공포를 표현할 말이 없어서일 수도 있다. 이 상황을 자신보다 딸이 더 무서워하는 것을 눈치챘기 때문일 수도 있다. 그전까지는 엄마가 아프다는 것도, 수술 같이 큰일을 겪는 상황도, 자칫 위험할 수도 있었다는 것도 상상해본 적이 없었다. 20대 후반이었던 딸은 그렇게 철이 없었고, 그런 딸에게 엄마가 생각해낸 답변은 이랬다.

"한 번도 머리 밀어본 적 없는데 걱정이다. 못생겨 보이면 어떡하지?"
"근데 엄만 왜 만날 짧은 스타일만 고집해? 단발도, 긴 머리도 다 잘 어울릴 것 같은데?"
"내가?"

기억을 되짚어보니 긴 머리를 찰랑거리는 엄마를 본 적이 없다. 친구에게는 다양한 머리 모양을 권하던 내가, 30년 가까이 짧은 머리만 고수하는 엄마에게 의문을 품지 않았다니. 환자복을 입은 수척한 엄마의 얼굴 위로 윤기 나는 긴 생머리를 그려보는 일은 꽤 어려웠다.

—

내 인생 대부분을 함께한 엄마에게 묻지 않은 게 많았다. 수술 3주 전에도 그랬다. 지방 출장을 마치고 돌아온 밤 11시, 불을 켜지 않은 채 식탁에 홀로 앉아 있는 엄마에게 나는 아무것도 묻지 않았다. 어둠 속에서 엄마는 화난 표정으로 이마를 짚고 있었다. 나 때문이었다.

그날 여러 번 전화가 왔다. 엄마는 들어올 때 두통약 좀 사다 달라고 했다. 평소라면 흔쾌히 대답했겠지만 그때 나는 지방에 있었다. 게다가 약국은 집 앞에만 두 군데가 있었다. 당시 우리 집은 아파트 1층. 문 열고 현관을 나서면 약국이 보였다. 새벽에 나가 언제 돌아올지 모를 딸에게 이런 부탁을 하다니. 아빠와 오빠를 두고 늘 내게만 심부름을 시키는 엄마에게 왠지 모를 서운함이 차올랐다.

"나왔어."

엄마는 대꾸하지 않았다. 식탁 위로 거칠게 뜯긴 두통약 상자가 보였다. 약을 사오지 못해서 미안하다고 할까, 아니면 일찍 올라올 수 없었던 이유를 설명할까. 어떤 말을 꺼낼지 고민했다. 그렇지만 뻔했다. 어떤 말이건 엄마는 화를 낼 것이다. 내게도 힘든 하루였다. 그냥 방으로 들어가는 게 나을 것 같았다. 그때였다.

"야! 이 나쁜 계집애야! 넌 어떻게 엄마한테 왜 아프냐. 아직도 아프냐. 어디가 아프냐. 하나도 안 물어보냐? 저것도 자식이라고! 너 낳고 미역국 먹은 내가 불쌍하다."
"왜 나한테만 그래? 나 오늘 새벽부터 지방 출장 다녀왔잖아. 종일 사람들 인터뷰하고, 억지로 웃고, 쓴소리 듣고, 잡다한 거 다 챙기고. 나도 힘들어! 근데 엄만 왜 맨날 나한테만 부탁하고 나한테만 화풀이해? 나도 힘들고 아프다고!"

엄마의 목소리는 깨지는 유리처럼 날카로웠다. 눈에는 물기가 가득했다. 그 모습에 나도 울컥해 쏘아붙였다. 묵혀왔던 감정이 터졌다. 몸과 마음이 욱신거렸다. 더는 얘기하고 싶지 않아 방으로 들어가버렸다.
그로부터 일주일 후, 엄마 뇌혈관에 문제가 생겼음을 알게 됐다. 아빠와 함께 들어간 진료실에서였다. 넋 나간 표정으로 앉아 있던 아빠와 내게 의사는 쉽게 설명했다.

"화내거나, 흥분하거나, 충격을 받으면 부풀어 올라 있는 이

혈관이 터질 수도 있어서 정말 위험해요. 최악의 경우 사망하기도 하고요. 그래도 일찍 알게 됐으니 다행이네요."

조용한 아빠를 대신해 나라도 진짜 다행이라고 말해야 했다. 그런데 입이 움직이지 않았다. 엄마에게 화를 냈던 그 밤의 기억이 입을 굳게 잠가버렸다.

—

수술 전날. 아빠를 대신해 엄마 옆을 지켰다. 늘 수다스럽던 모녀는 대화 없이 텔레비전만 쳐다봤다. 일일드라마, 수목드라마, 토크쇼까지 보고 나니 자정이 됐다. 불을 껐다. 나는 모로 누운 엄마 등이 올려다 보이는 간이침대에 누웠다. 피곤한데 잠이 오지 않았다. 뒤척이다가 일어나 창을 내다봤다. 솔직히 조용한 병실에서 내려다본 서울 야경은 참 예뻤다. 정말 예뻤다. 그러다 친구들과 질리도록 봤던 서울의 밤을 엄마와는 처음 보는구나 싶었다.

뒤를 돌아보니 엄마도 소리 없이 몸을 일으켜 창밖을 바라보고 있었다. 갑자기 다시는 이런 기회가 오지 않을 것만 같았다. 이 밤이 아니면 듣지 못할 이야기가 있을 것이다. 그래서 묻고 싶었다. 무엇이든.

그날 엄마에게 한 질문은 대부분 시시한 것들이었다. 만약 대학에 갔다면 어떤 전공을 하고 싶었는지, 왜 라면을 싫어하는지, 진짜 내가 엄마보다 덜 예쁘다고 생각하는지, 만약 내일 눈을 떴을 때 결혼 전으로 돌아간다면 어떨지 등. 엄마는 내가 몰랐던 엄마에 대해 말해줬다. 그러나 마지막 대답은 이랬다.

"엄마는 괜찮아. 그러니까 여기 침대로 올라와서 같이 자자."

당연한 관계, 다 안다고 믿는 관계, 언제든 내 편인 관계. 사실 '진짜 질문'이 필요한 건 이런 관계가 아닐까 싶다. 말하지 않아도 괜찮은 관계는 없다. 소중할수록, 사랑할수록, 더 많이 묻고 더 많이 대답해야 한다.

다 안다고 믿었던 사람에게도 모르는 모습이 더 많다.
등잔 밑이 어둡다고 했던가.
글쎄다. 등잔 밑은 새롭다.

여전히 글쓰기가 어렵다. 그래도 **누군가 내게 "언제부터 글쓰기가 좀 편해졌니?"라고 묻는다면 "인터뷰 글을 쓴 후"라고 자신 있게 대답할 테다.**

나는 상상력과 표현력이 빈약하다. 글쓰기를 비롯한 모든 창작 활동에 치명적인 약점이다. 한데 이 사실을 인지한 건 문예창작과에 입학한 후였다. 쓴다고 쓰는데 완성된 글은 감동은 물론 재미까지 없었다. 매가리 없는 이야기라고 쉽게 써진 건 아니었다. 나름대로 창작의 고통을 겪었다. 분량은 상관없었다. 원고지 200매 소설을 쓸 때도, 15매 에세이를 쓸 때도 괴롭기는 마찬가지였다. 안타깝게도 방구석에서 우주의 기운을 모아 토해낸 이야기가 죄다 구리고 식상했음을 고백한다.

졸업 후 회사란 곳에 출근하게 됐을 때도 걱정이 앞섰다. 이런 내가 인턴기자가 된 탓이다. 기자란 이야기를 찾아내 글로 옮겨야 한다. 나 같은 사람도 글을 써서 월급이란 걸 받을 수 있을까? 자신이 없었다. 그런데 순탄했다. 매달 소재를 찾아내고, 취재하고, 글로 써냈다. 마감도 칼같이 잘 지켰다. 오히려 기한보다 일찍 제출한 날이 더 많았다. 처음에는 월급이 주는 힘이라 믿었다. 한데 훗날 회사를 관두고 보니 '인터뷰'가 큰 도움이 됐다는 걸 알았다.

이야기는 쥐어짜는 게 아니라 발견되는 것이다. 회사를 퇴사하고 떠난 여행, 큰돈과 긴 시간을 투자한 취미, 아슬아슬하고 위험한 도전 등. 다양한 경험과 충분한 투자는 신선한 글감을 찾는 데 도움이 된다. 그러나 '도움이 될 뿐'이라고 덧붙이고 싶다. 글감은 경험이 많은 사람은 물론 관찰력이 뛰어난 사람에게도 주어진다. 쓸 만한 이야기는 낯선 곳에만 있는 게 아니다. 가깝고 익숙한 곳에서도 발견된다.

'내 주변에는 글감이 없던데?'라는 생각이 든다면 대화 방식부터 바꿔보자. 일상적인 대화일지라도 더 묻고 잘 들어보자. 그러니까 질문과 경청에 신경 써보자는 얘기다.

내가 인터뷰를 진행하며 배운 게 있다. 질문과 경청을 위해서는 **낄끼빠빠**(낄 땐 끼고 빠질 땐 빠지는) **타이밍**이 매우 중요하단 것이다. 말하는 상대의 표정이 들떠 있다거나, 흥분했다거나, 몹시 우울해 보일 때는 한 발 물러서서 경청하다가 이야기를 끝내고 짧은 침묵이 생길 때 파고들어 질문해야 한다. 이때 질문은 상대가 했던 이야기를 짧게 요약하여 경청했음을 확인시켜준 후 던지는 게 좋다.

질문에도 호감과 비호감이 있다. 관심이 묻어나는 질문은 상대에게 더 많은 이야기를 끌어낸다. 대화는 말을 주고받으며 상대를 관찰하는 시간이다. 그러니 이 속에 많은 글감이 숨어 있을 수밖에.

발견된 이야기를 글로 옮길 때도 인터뷰가 필요하다. 이번에는 나 자신과 하는 질의응답이다.

"이 글감이 내게 인상적인 이유는?"
"이 글로 전달하고픈 나만의 메시지는?"
"내가 전달할 메시지에 공감할 사람은?"

자신과의 질문이 필요한 이유는 에세이가 기사, 일기와 다르기 때문이다. 기사는 사실을 객관적으로 전달하는 반면 에세이는 주관적이다. 쓰는 사람의 감정, 생각, 철학이 묻어난다. 일기와 달리 에세이는 읽히기 위한 글이다. 내 글이 독자를 설득하고 공감시킬 수 있을지 냉정히 평가해봐야 한다.

우린 모두 같은 세상을 사는 것 같지만, 저마다 각각 다른 세상을 품고 살아간다. 익숙한 사람에게도 질문을 던지다 보면 의외의 면을 엿보게 된다.

인생이 따분해서 쓸 이야기가 없다는 건
아직 누구에게도
진심으로 귀를 열고
질문해본 적이 없기 때문일 수도 있다.

짧게 써도 읽히는 마음
↘ 요약의 기술

- 이번 주는 약속이 있네요. 다음 주는 괜찮고요.

- 다음 주는 여행 갑니다. 다다음 주는 일정 괜찮습니다.

- 아, 다다음 주는 친구 결혼식이 있어요. 다다다음주가 좋겠네요.

- 저는 다다다음 주에는 돌잔치에 갑니다.

- 그럼 일단 다음에 다시 시간을 잡아볼까요?

- 그럼 제가 연락드리겠습니다. 즐거운 하루 보내세요.

- 네. 즐거운 하루 보내세요.

남편과 내가 첫 만남을 앞두고 주고받은 문자메시지다. 우리 부부는 소개팅으로 만났다. 메시지 내용을 보면 둘 다 만나는 게 내키지 않는 사람들처럼 보일 것이다. 하지만 그건 아니었다. 그와 나는 웬만한 일에는 먼저 나서지 않는 일명 '수동태'

남녀였다. '능동태' 주선자들이 아니었다면 평생 만남이 성사되지 않았을 그런 사람들일 뿐이었다.

–

"전 도착했습니다."

우린 일요일 오전 11시 지하철 역 앞 카페에서 만났다. 가게 문을 열고 들어서는데 그에게 전화가 왔다. 나는 단번에 그를 찾아냈다. 사진에서 본 얼굴과 똑같았기 때문이다. 반면 그는 나와 눈이 마주쳤지만 한 번 더 주변을 훑었다. 내 사진이 과장된 탓이 아니다. 그에게 눈썰미가 없는 탓이다. 끝내 한 발자국 거리에서 손을 흔들며 서로를 확인해야 했던 건, 내 탓이 절대 아니란 뜻이다.

예상대로 커피보다 먼저 바닥을 보인 건 대화 주제였다. 우린 약속한 사람들처럼 등을 의자에 기댄 채 팔짱은 물론 다리까지 꼬고 있었다. 누가 봐도 망한 소개팅이었다. 만난 지 30분도 되지 않았는데 시선이 창밖으로만 쏠렸다. 집에 갈 시간이 다 된 것이다. 그렇게 일어서려는데 그가 밥을 먹자고 제안했다. 주선자에 대한 예의도 소개팅 상대가 동의한다면 생략해도 무방하다.

"괜찮아요. 아침을 늦게 먹었거든요."
"아, 아뇨. 제가 아침을 못 먹어서 배가 고파서요."

그의 말이 찜찜했다. 마치 '아니, 네가 맘에 들어서 그런 게 아니라 진짜 배고파서 그래'라는 것처럼 들렸다. 그럼에도 어느 순간 나는 그와 함께 카페 옆 피자집에 착석해 있었다. 한 조각을 먹고 우두커니 앉아 있는 나를 대신해 그가 나머지 일곱 조각을 해치웠다. 진짜 배가 고팠던 거다.

"제가 오늘 할 일이 있어서, 이만."

피자집 앞에 있는 버스정류장에서 그가 한 말이다. 카페부터 정류장까지 딱 두 시간이 소요됐다. 한 달 만에 성사된 소개팅이었다. 기대하진 않았지만 이렇게 허무할 줄을 몰랐다.

- 오늘 만나서 반가웠어요. 조심히 들어가세요.

버스에 오르자 그에게 문자메시지가 왔다. 역시 '다음'이란 명사는 빠져 있었다.

–

"잘 지냈어요? 전 이제 수영 끝내고 집에 가요. 근데 이번 주에 시간 되는 날 있어요? 밥이나 같이 먹죠."

이틀 뒤 그에게 전화가 왔다. 순간 보이스피싱인 줄 알았다. 말없이 피자 일곱 조각을 해치우고 집에 간 소개팅남에게 연락이 올 리 없지 않은가. 내가 대답이 없자 그는 내 이름을 불렀다. 나는 어이가 없어서 웃어버렸다.

우린 다시 만났다. 보통 로맨스라면 이쯤에서 반전이 일어난다. 그러나 두 번째 만남은 순서만 다를 뿐, 첫 만남과 판박이였다. 창밖을 보며 밥을 먹었다. 커피보다 대화 주제가 먼저 바닥났다. 만난 지 두 시간 만에 그가 이제 집에 가자며 일어섰다.

혹시 그의 등에 충전 코드가 있는 게 아닐까, 아니면 지금 이 자리가 인공지능 로봇을 테스트하는 자리는 아닐까. 별별 상상을 했다. 그런데 다음날 또 그에게 문자메시지가 오는 게 아닌가.

- 맛점하세요.

이게 끝이었다. 만나자고 다시 연락이 온 건 이틀 후였다. 궁금해서 나간 이 자리도 두 시간 만에 끝났다. 그리고는 다음날 또 '맛점하세요'란 메시지를 보내왔다. 혼란스러웠다. 어떻게 보면 내게 호감이 있는 것처럼 보이고 또 다르게 보면 인공지능 로봇 테스트인 듯하고. 무엇보다 어처구니가 없는 건 나였다. 나는 대체 그가 왜 궁금할까. 이건 호기심일까. 호감일까. 어쨌든 호기심은 호감이 됐다. 호감은 사랑으로 이어졌다. 어처구니없는 여자와 의문스러운 남자는 연애를 시작했으니까.

–

연인으로 만난 그는 군더더기 없이 깔끔했다. 남중, 남고, 공대를 거쳐 남성 비율이 높은 직장을 다니는 탓인지 직관적이고 표현력이 부족했다. 그러나 문제될 건 없었다. 돌려 말하면 알아먹지 못하는 내게는 이런 사람이 편했으니까. 그를 알아갈수록 만남 초반에 보여줬던 행동들이 더욱더 이해되지 않았다.

"두 번째 약속 잡을 때 왜 그렇게 횡설수설했어요?"

그는 '능글거리는 남자가 매력적'이라는 지인의 말을 참고했단다. 한데 내가 깔깔거리며 웃는 걸 듣고는 이게 아니란 걸 직감했다고. 다시 본연의 캐릭터로 돌아갔는데, 그 과정이 나를 혼란스럽게 할 줄은 몰랐다고 설명했다. 수동태 남자와 수동태 여자가 이렇다. 오해하게 만든 줄도 모르고, 오해하고도 확인하지 않고, 혼자 판단하고 혼자 결론 내다가 연애를 망친다.

그렇다면 만남은 왜 항상 두 시간이었던 걸까. 남편은 밥집에서 밥을 다 먹으면 나가야 한다. 카페에서 커피를 다 마시면 나와야 한다. 주문한 음식이 사라지면 일어서야 한단다. 뭉그적거리는 건 주인장에게 민폐인 것 같단다. 밥 먹고 차 마시고 나면 대강 두 시간이 흘렀다. 그래서인지 그는 연애할 때 늘 평소 먹던 스몰 사이즈 대신 라지 사이즈 음료만 시켰다. 나와 좀 더 오래 있고 싶은 마음에 음료 사이즈를 평소 마시는 것보다 큰 용량으로 바꾼 것이다.

－

－ 맛점해.

지금도 평일 점심시간이면 남편은 문자메시지를 보낸다. 연애하기 전부터니까 이제 6년이 넘었다. '맛점해'란 세 글자에는 두 가지 의미가 담겨 있다. 오늘도 점심 맛있게 먹어. 오늘도 나는 네 생각을 해. 오글거리지만,

남편의 짧은 문장이 좋다.
한결같은 그의 마음이 읽히기 때문이다.

남편이 보낸 '맛점해'란 짧은 문장에는 그의 마음이 압축되어 있다. 때로는 구구절절 쓰지 않고 짧게 중심 주제만 잘 담아도 좋은 글이 될 수 있다.

요즘 조카의 글쓰기를 봐주고 있다. 할머니 손에서 크는 조카가 걱정됐기 때문이다. 육아 중인 친구 이야기를 들어보면 무작정 학원에 가서 공부만 하던 나의 어린 시절과는 다르다. 성적 외에도 인성, 사고, 재능을 신경 쓰는 다양한 교육을 한다. 세상이 이런데 엄마 아빠 정보력 없이 학교만 열심히 다니는 조카가 괜찮을까. 하루가 다르게 커가는 조카를 보면서 마음이 불편했다.

그러던 어느 날, 조카의 수학 문제집을 보다가 이상한 점을 찾아냈다. 단순한 문제의 답은 정확한데 지문이 긴 문제는 자주 틀리는 것이었다. 조카에게 물었다.

"내가 저번에 준 책 다 읽었다고 했지? 무슨 내용이야?"

"아, 그거 기억이 잘 안 나."

"읽었다며? 읽었는데 왜 기억이 안 나?"

"내용을 알긴 아는데 설명하기가 힘들어."

글쓰기 과외는 이렇게 시작됐다. 숙제는 간단했다. 매주 안데르센 동화를 한 편씩 읽고 5~10줄로 요약해서 보내기. 책은 두껍지만 동화 한 편당 길어야 15장이다. 조카는 저항 없이 하겠다고 답했다. 둘째 주까지는 문제가 없었다. 그런데 셋째 주가되자 칭얼댔다. 요약이 너무 힘들다는 것이다.

요약은 글 약이다. 요약을 잘하는 사람이 말도 잘하고 글도 잘쓴다. 우린 짧은 글, 사진, 영상으로 메시지를 주고받는 시대에 살고 있다. 회사에서는 또 어떤가. 성질 급한 상사는 서두에 핵심이 요약된 기획안과 모든 문단이 두괄식으로 정리된보고서를 선호한다. 군더더기 가득한 이야기와 글을 성심성의껏 받아줄 사람은 친구, 가족, 연인뿐이다.

요약한 글은 빨리 읽히지만 직접 요약해보면 시간이 꽤 걸린다. 짧고 간결하고 정확하게 의미를 전달하는 글쓰기는 어렵다. 특히 길고 복잡한 구조의 이야기를 누구나 쉽게 이해할 수 있도록 쓰는 일은 절대 쉽지 않다. 따라서 요약글은 퇴고가 많이 필요한 글이기도 하다. 만만하게 봤다가는 큰코다친다는 얘기다.

간단한 검색으로 요약하는 법에 대한 수많은 꿀팁을 찾을 수 있다. 그러나 그중에서도 내가 빠르게 요약하고 싶을 때 주로 쓰는 방법을 소개한다.

◆ 따라 하면 시간이 단축되는 요약법

1 >> '기'와 '결'을 정하고 쓰기

문장 구성 4단계인 기승전결 중 시작인 '기'와 끝인 '결'을 미리 정하자. 어떤 이야기로 시작에서 어떤 결론으로 끝날지 결정해놓으면 쓰기가 한결 편해진다. 마치 글 내비게이션과 같다. 출발 지점과 도착 지점을 찍고 운전하면 어떻게든 원하는 장소로 갈 수 있고, 길을 잘못 들어섰을 때도 새로운 길이 안내된다. 시작과 끝이 정해진 글은 맥락을 벗어날 확률이 낮다.

2 >> 참고하지 말고 비교하기

다른 사람이 쓴 글을 참고하는 건 좋은 습관이다. 신문 기사를 예로 들겠다. 같은 소재라도 길고 상세하게 정리된 기사가 있고, 이를 바탕으로 짧게 정리된 기사도 있다. 두 가지 모두를 읽어보면 요약하는 글쓰기에 도움이 된다. 그러나 가장 좋은 건 일단 내가 먼저 쓰고 다른 사람이 같은 주제로 쓴 글을 비교해보는 것이다. 요약한다는 건 생각을 정리하는 일이다. 쓰는 일을 미루고 남이 쓴 좋은 글만 부러워하면 백지상태에서 벗어나기 힘들다.

3 >> 내 감정은 넣지 않기

슬펐다, 아팠다, 불행했다, 기뻤다, 무섭다 등. 요약글에서 자신이 느낀 감정은 최대한 배제해야 한다. 요약글 핵심은 '전달'이다. 이야기의 줄거리, 사건의 개요, 주제가 쉽게 전달되도록 써야 한다. 그 글을 읽고 어떻게 느낄지는 독자 몫이다. 장황하게 감정을 표현하지 않았음에도 독자가 나와 같은 감정을 느낀다면 대성공이다.

2

미묘하게 전부 다른
매일의 이야기

실패자라는 편견, 패배자라는 낙인

떠오른 글감을 놓치지 않는 방법

"위하여! 짠짠짠!"

술판이 벌어지는 소리였다. 처음에는 잘못 들은 줄 알았다. 지나가는 가을과 들어서는 겨울이 교차하는 계절이었다. 쌀쌀한 기온에 어깨가 잔뜩 움츠러드는 아침, 게다가 여긴 혼잡한 지하철 입구가 아닌가. 여길 보고 저길 봐도 어디론가 바삐 발걸음을 옮기는 사람들뿐이다.

지하철 계단을 내려가자, 월요일 아침 댓바람부터 술을 마시는 사람들이 보였다. 지하철에서 노숙하는 아저씨들이었다. 그들은 출구 한쪽에 신문지를 깔고 술잔을 기울이고 있었다. 출근하는 직장인과 등교하는 학생들로 가득한 그곳에서 벌어진 술판은 흥이 넘쳐났다. 한 아저씨는 일어나서 노래를 흥얼

거리며 어깨를 들썩이기까지 했다.

그러나 즐거운 건 그들뿐이었다. 계단을 내려가던 사람들은 그들이 앉아 있는 반대편으로 몸을 피했다. 근처에는 악취와 술 냄새가 진동했다. 반사적으로 양손을 모아 코와 입을 감쌌다.

이사하고 출근하는 첫날이었다. 처음 가본 지하철 역이었다. 그래서 몰랐다. 노숙인이 곳곳에 있는 역이란 걸. 문득 10년 전 노숙인이 많기로 유명한 두 역을 오가던 출근길이 떠올랐다.

–

이 지하철 역을 반년 넘게 이용하며 당혹스러운 장면을 종종 목격했다. 모두 술 취한 노숙인의 돌발행동이었다.

그들은 광역버스를 타기 위해 줄을 선 사람들 주위에서 욕을 한다거나 비틀거리며 주먹과 발을 날렸다. 그렇다고 폭력이 오가는 사건이 벌어진 건 아니다. 자세히 살펴보면 특정 대상을 노린 건 아닌 듯했다. 대부분 상대는 허공이었다. 아저씨들의 적은 내 눈엔 보이지 않았으므로, 그저 짐작할 뿐이었다. 그들이 때리고 싶은 대상은 세 부류인 듯했다. 야박한 세상,

떠나간 사람들, 포기한 자신.

그중 가장 난감했던 기억은 술 취한 노숙인 아저씨가 광역버스 문을 가로막고 있던 일이다. 하필이면 내가 타야 할 버스, 그것도 내가 올라탈 차례였다. 아저씨는 살기 싫다고 악을 썼다. 버스기사님과 줄을 선 사람들 시선이 내게 쏟아졌다. 빨리 좀 올라타란 신호다. 발이 떨어지지 않았다. 몇 분이 흘렀을까. 뒤에 서 있던 남자가 내 어깨를 툭툭 쳤다. 돌아보니 왜 그리 유난이냐는 표정으로 이렇게 다그쳤다.

"뒤에 줄 안 보여요? 그냥 밀치고 올라가요."

마치 밥상 주변을 윙윙 날아다니는 파리를 손으로 치워버리라는 듯한 뉘앙스였다. 그럼 당신이 먼저 올라가 보시지. 이렇게 말하려는데 이번에는 남자 뒤에 서 있던 아주머니가 거들었다.

"뭘 그렇게 무서워해? 똥이 무서워서 피해? 더러워서 피하지. 그냥 후딱 밀고 들어가."

비틀거리던 노숙인이 쓰러졌다. 그사이 빠르게 버스에 올랐다. 밀치지 않고 탈 수 있어 다행이었다.

–

그 후 지하철 역을 지나칠 때마다 신경질이 났다. 왜였을까. 겨울이 되자 출구에서 술을 마시던 노숙인들이 사라졌다. 가끔 술주정하는 노숙인이 보였지만 크게 불편한 점은 없었다. 앞에서 말한 것처럼 과거 노숙인이 많은 역을 수없이 오갔던 나다. 압도적으로 노숙인이 많은 역을 하루에 네 번 이상 이용했으니 단순히 노숙인이 많아서도 아니었다.

그 지하철 역을 이용할 때마다 기분이 나빠졌던 이유를 짐작하게 된 건, 우연히 보게 된 노숙인 인터뷰 영상에서였다. 영상 속 아저씨는 지하철 역에서 노숙하며 막노동으로 돈을 번다고 했다. 재작년까지는 매주 5일을 일했단다. 최근에도 일감이 있을 때마다 일터로 향한다고 털어놨다. 그렇게 돈을 벌면 밥을 사 먹고, 술 마시고, 거리에서 잘 때도 있지만 겨울에는 쪽방이나 고시원에 머문다고 했다. 그러면서 자신은 어떻게 살든 노숙인일 뿐이라고 덧붙였다. 그를 인터뷰하던 유튜버가 "일하고 잘 곳이 있을 때는 노숙인이 아니잖아요?"라고 반문하자, 웃는 건지 우는 건지 알 수 없는 표정으로 말했다.

"신분이에요. 신분. 한번 노숙인은 영원한 노숙인. 누가 정했는지 몰라도 그렇더라고요."

예민했던 나의 감정은 신경질이 아니었다. 두려움이었다.

알랭 드 보통은 저서 《불안》에서 우리가 실패를 두려워하는 이유를 이렇게 설명한다. '실패가 두려운 건 단지 소득이나 지위를 잃어서가 아니라 사람들의 판단과 비웃음 때문이다.' 그랬다. 실패는 곧 패배였다. 패배자는 공감을 얻을 권리마저 상실해도 된다는 인식이 팽배하다. 그날 나는 세상이 만들고, 내 마음속에도 있었던, 실패에 대한 편견을 맛봤다. 노숙인을 밀치라는 남자, 그를 똥과 비교한 아주머니, 불쾌한 표정으로 서 있던 나. 그때 나는 실패가 얼마나 무서운 것인지를 목격했다. 실패자가 패배자가 되어가는 과정을 확인했다.

－

그 후 어느 날, 퇴근길에 할머니에게 버스 노선을 알려주는 노숙인을 보았다. 무심히 휴대전화만 내려다보는 사람들 속에서 난감해하는 할머니에게 어떤 버스를 타야 할지를 알려준 건, 우리가 시선을 피하고 코를 막고 지났던 노숙인뿐이었다. 그 모습을 보니 저 아저씨도 과거 어디선가는 말끔한 모습으로 사람들 속에서 성실하게 살았을지도 모르겠구나 싶었다.

영상에서 본 노숙인 아저씨의 마지막 말이 다시금 떠올랐다.

"젊은 사람들한테 미안하고 창피해요. 못난 인생을 사니까요. 뭐라 그럴까. 시작하는 모습을 보여주고 싶은데 그게 영 마음처럼 안 되니까. 그게 미안하죠."

노숙인이 됐다는 것은 돌이킬 수 없는 실패인 걸까. 패배자는 불필요한 인간으로 분리되어 거리 한쪽에 고립되어 마땅한 것일까. 남의 실패는 쉽게 판단하면서, 나의 실패는 숨기고 두려워하는 이중적인 마음이 모여, 돌이킬 수 없는 실패자를 만드는 건 아닐까.

요즘 '실패'라는 단어가 나를 혼란스럽게 한다.
자꾸 '실패'라는 단어가 나를 두렵게 만든다.

어른이 되고 실패가 두려워졌다면, 어린 시절에는 숙제가 두려웠다. 내가 초등학생이던 1990년대 초반에는 '체벌'이 가능했다. 학생이 선생님께 손바닥과 종아리를 맞는 일이 자연스러울 정도였다. 그때 체벌을 받았던 이유는 여러 가지였는데 돌이켜보니 진짜 이유는 한 가지였다. 선생님 말씀을 듣지 않았다는 것.

가장 기억에 남는 체벌은 저학년 때 숙제를 해 가지 않아 받은 것이다. 한여름에 두 팔로 무거운 가방을 들어 올린 채 한 시간을 버텨야 했다.

숙제 때문에 육체적 고통을 경험해보니 방학도 두려웠다. 방학 숙제란 것이 매일매일 조금씩 해나가면 부담 없는 분량이다. 근데 또 방학이란 것이 매일매일 숙제를 하기에는 유혹이 많은 기간이지 않은가. 유혹은 두려움보다 힘이 세다. 매번 방학이 끝날 때쯤 탐구생활과 일기장을 펼친 걸 보면 말이다. 그리고 그쯤 되면 오빠는 내 방에 침입하곤 했다.

"야! 내놔!"

일기장을 빼앗으러 온 것이다. 오빠가 내 일기를 베끼려고 한 걸까. 당연히 아니다. 내 일기장도 순수한 백지상태였다. 그렇다면 오빠가 내 일기장을 가져간 까닭은 무엇일까. 그건 바로 '날씨' 때문이었다.

나는 선생님께 일기를 몰아 썼다는 의심을 받지 않으려 매일 날씨만은 꼼꼼히 기록했다. 비 내린 날 눈싸움을 했다거나 태풍이 분 날 바닷가에서 모래성을 쌓았다는 건 앞뒤가 맞지 않으니까. 기록된 날씨는 완벽한 알리바이는 물론 '레드썬! 효과'도 불러왔다. 날씨로 재구성된 기억은 창작의 고통 없이 일기를 몰아 쓰게 해줬다. 지금 와서 생각해보면 **'날씨 기록'은 '메모 효과'와 비슷했다.**

많은 유명인이 '메모광'이다. 창의적인 일을 하는 사람들에게 메모는 필수란 사실을 구구절절 강조하진 않겠다. 이미 많은 곳에서 읽고 들었을 테니까. 대신 나는 '다이어리와 노트 작성에 매번 실패하는 게으른 자를 위한 기록법'을 소개해볼까 한다. 어디서 주워들은 내용이 아니다. 게으른 내가 실천하는 방법들이다.

◆ 게으름뱅이가 글감을 잡아두는 법

1 >> 메시지 다시 읽기

'카카오톡'은 내가 한 일을 알고 있다. 그 날 어떤 일이 있었고 어떤 감정에 휩싸였는지, 친구 또는 가족에게 보낸 카톡을 찾아보면 생생하게 기억난다. 메시지의 힘을 알게 된 후로 나는 내게 카톡을 보낼 때도 있다. 공유하기 힘든 일이나 감정, 또는 인상적인 내용을 저장해두기 위해서다. 이 방법의 단점은 휴대전화를 바꾸거나 채팅방을 나가면 기록이 사라진다는 것이다. 그래서 진짜 괜찮은 소재는 '에버노트'나 '솜 노트'와 같은 메모 애플리케이션으로 옮겨둔다. 따로 시간을 내는 건 아니다. 출퇴근길 시간이면 충분하다.

2 >> 사소한 일정 기록해두기

크고 작은 일정을 휴대전화 달력에 기록해둔다. 전에는 다이어리에 손으로 쓰기도 했다. 하지만 작고 깜찍한 다이어리도 가볍지는 않았고, 결국 다이어리를 집에 두고 휴대전화만 들고 다니게 됐다. 휴대전화에도 다이어리 기능이 있다. 그곳에도 상세한 기록을 하는 대신 일기장에 날씨를 적어두던 것처럼 크고 작은 일정만 써둔다.

본사 회의, 엄마 선물 구매, 소음 - 관리실 전화, 바지 교환⋯.

이런 식으로 사소하더라도 꼭 해야 할 일을 짧게 기록한다. 그리고 완료 여부와는 상관없이, 기록을 지우지 않고 다음날 일정을 적는다. 이런 짧은 기록도 기억을 되짚어보는 데 도움이된다. 나의 경우, 그 기억으로 쓴 글이 적지 않다.

3 >> 밑줄 대신 찰칵찰칵

신문, 책, 잡지를 읽다가 좋은 문장이나 이야기가 있을 때 사진을 찍거나 스크린 캡처를 해둔다. 물론 타이핑해서 파일을 따로 만들거나 노트에 정리할 수도 있지만, 귀찮다. 사진을 찍거나 스크린 캡처를 한 이미지를 '에버노트'에 날짜와 제목을 더해 모아두거나 비공개로 설정한 SNS에 올려둔다.

4 >> 결정적 단어를 남길 것

길고 상세한 글이나 핵심을 찌르는 짧은 문장이나, 쓰는 게 어렵기는 마찬가지다. 메모할 때는 글을 쓴다는 마음이 아닌 핵심만 짧게 남겨둔다는 생각이어야 부담이 없다. 나는 단서를 남기는 것처럼 메모하는 편이다.

지하철 역, 노숙인, 숲, 버스, 퇴근길, 버스 타지 못함, 한 남자와 아주머니가 짜증, 똥이 더러워서 피하냐는 말.

이런 식으로 단어와 짧은 문장만 주로 나열해둔다.

5 >> 보고 또 보고

나는 대충대충 기록하고 보관해둔 글과 자료를 심심할 때마다 열어본다. 남들이 보면 해석하기 힘든 내용이지만 쓴 사람에게는 소중한 보물 창고다. 게다가 길이도 짧고 간결해서, 한번에 많은 기억을 떠올릴 수 있다. 읽다 보면 써먹을 만한 이야기가 하나는 걸린다.

사람이 준 상처가 사람으로 아물 때

〰️ 아팠던 기억도 써야 하는 이유

"예약하셨어요?"

미용실로 들어서자, 젊은 여자가 따지는 듯한 말투로 물었다. 지난해 머리끝을 태운 이후 1년 만에 힘들게 찾아낸 미용실이었다. 단골이 썼다는 후기는 광고가 아닐까, 사소한 부분까지 의심하고 따지며 선택한 곳이었다. 그런데 들어서자마자 저토록 차가운 직원이라니. 또 광고에 낚인 것 같았다.

다시 나갈까? 고민하는 사이, 그녀가 가방을 가져갔다. 순간 나는 좀 멍해졌다. 미용실을 탈출하지 못했기 때문이 아니다. 내 가방을 잡은 여자 안쪽 손목에 남은 상처를 봤다. 모질게 죽겠다고 마음먹어본 사람에게 있을 법한 상처였다.

나의 시선을 느낀 걸까. 다시 돌아왔을 때 여자 손목에는 파스가 붙어 있었다. 거울로 조심스럽게 얼굴을 살폈다. 진한 화장을 했음에도 20대 초반의 앳됨이 보였다.

"오늘 우리 미용실에 처음 오신 분이죠? 머리카락이 좀 상했네요. 일반 매직파마약에 복구약도 좀 넣어드릴게요."

"네. 근데 파마는 얼마나 걸릴까요?"

"세 시간 정도요."

파마에 대한 걱정인지, 여자에 대한 오지랖인지 꼬집어 말할 수 없는 기분을 느끼던 중 원장님이 사람 좋아 보이는 표정으로 다가와 말을 걸었다. 그사이 여자는 내 머리에 파마약을 바르고, 기계를 가져다 놓고, 다시 약을 발랐다. 세 시간은 길었다. 한 시간이 지날 때까지도 대화는 없었다. 중년의 손님이 가게로 들어오기 전까지는 말이다.

"오늘도 예쁘세요. 남편분이랑 데이트라도 있으세요?"

직원은 내가 들어올 때와는 달리 살갑고 친근했다. 단골손님인 듯했다.

—

미용실 원장님과 직원, 그리고 단골손님은 이런저런 주제로 대화를 이어갔다. 잔뜩 얼어 있던 여자의 표정이 조금씩 녹는 것 같더니, 어느 순간 입꼬리를 잔뜩 끌어 올리며 사적인 얘기까지 꺼냈다.

"실은 저 오늘 소개팅해요. 첫 소개팅인데, 남자가 마음에 들면 어떻게 해야 할까요?"

귀를 연 채 휴대전화를 보던 난 여자의 깜찍한 고민에 피식 웃음이 나왔다. 그때였다.

"그런 건 여기 있는 언니 같은 손님한테 물어봐야지."
"맞아, 맞아. 연애는 나처럼 연식이 있는 언니보다는 젊은 언니가 더 잘 알아!"

원장님과 단골손님이 나를 지목했다. 과거 늘 연애 하수였던 나다. 이런 내가 무슨 연애 상담을 하겠는가. 잠자코 있으라는 머리와 달리 입은 이렇게 떠들어댔다.

"마음에 들면, 먼저 또 보자고 하면 되는 거죠. 요즘은 솔직한 여자가 매력 있잖아요."

허세였다. 한데 여자는 눈치 채지 못한 듯 본격적으로 질문을 해왔다. 오늘은 밥만 먹고 들어갈까요. 술도 한잔할까요. 옷은 편안한 회색 후드티가 좋을까요. 격식을 차린 까만색 니트가 나을까요. 단골손님이 머리를 손질하고 나갈 때까지 나는 여자의 질문에 답해줬다.

틈틈이 내 표정을 살피던 원장님은 곧 여자에게 퇴근을 재촉했다. 나머지는 자신이 할 테니 얼른 집에 가서 소개팅 갈 준비를 하라고 했다. 여자는 가방을 챙겨 급하게 나가다가 다시 들어와서는, 내게 이런 말을 남겼다.

"언니, 고마워요. 다음에 머리 하러 또 오세요. 꼭!"

쌀쌀맞은 미용실 직원은 사라지고 싱그러운 20대 여자가 내게 미소 짓고 있었다. 역시 퇴근과 연애는 설렌다.

—

"쟤가 고등학교 때 힘들었어요. 친구들도 그렇고, 처음 사귄 남자친구도 그렇고…. 그래서 사람을 무서워해요. 그런데 사람을 참 좋아하기도 해요."

"원장님 딸이에요?"

그녀가 떠나고 내 머리에 중화제를 바르던 원장님이 꺼낸 얘기다. 순간 떠올랐다. 내가 불안한 눈빛으로 그녀를 바라볼 때마다 다가와서 미소 짓고, 말을 건네고, 머리를 만져주던 그녀 모습이.

"아까 손을 씻으면서 파스를 떼고 있었나 봐요. 평소에는 꼭 붙이고 있는데 말이죠. 대화해보셔서 알겠지만 보이는 것과 달리 참 순하고 착해요. 내 딸이라서가 아니라."

어느새 원장님 표정은 손님을 응대하는 주인장이 아닌 엄마로 변해 있었다.

–

그날의 파마는 성공적이었다. 상했던 반곱슬머리가 차분하고 매끄럽게 바뀌었다. 이런 게 복구 파마약의 위력인 건가. 찰랑 거리는 머리카락에 기분이 좋아졌다. 의심했던 후기가 진짜라 는 걸 확인했다. 부드러워진 머리카락을 만지다가 상한 마음 에도 복구약이 있다면 어떨까. 상상해봤다.

원장님 말대로라면 그녀는 사람에게 받은 상처를 사람으로 치 유하는 중인 듯했다. 결과는 어떨지 모르겠다. 다시 상처받게 될지. 깨끗하게 치유될지. 사람으로 상처를 극복하는 건 최악 의 방법인 동시에 최고의 방법이다. 그리고 이때 잊지 말아야 할 것이 있다.

내게 상처를 준 사람은 지나간 기억 속에 있지만
내 상처를 보듬는 사람은 지금 내 옆에 있다는 것.

이 사실만 잊지 않는다면 사람에게 받은 상처를 사람으로 극 복할 날이 반드시 올 것이다.

미용실 여자가 상처를 치유하기 위해 '사람'을 만났다면 나는 '글'을 썼다.

마음의 상처는 완벽하게 지워내기 어렵다. 지나간 시간과 기억을 전부 도려내면 모를까. 우리가 할 수 있는 건 상처를 꾹꾹 눌러서 마음속 어두운 방에 가두는 것뿐이다. 고로 마음의 상처를 치유한다는 건, 아팠던 기억의 갑작스러운 방문에도 문을 기꺼이 열 수 있는 용기를 키우는 일이다.

마음을 안아줄 수 있는 건 마음뿐이다. 그리고 **'상처받은 내 마음'을 가장 따뜻하게 안아줄 수 있는 건 '이겨내고자 하는 내 마음'이다.**

취미로 글을 쓰기 시작했을 때, 가장 많이 쓴 얘기가 직장생활이다. 하루 대부분을 회사에서 보냈다. 나를 힘들게 한 스트레스와 상처가 회사에서 비롯될 때가 많았다. 고백하면 처음에는 회사 욕을 하고 싶어서 글을 썼다. 표현하면 마음이 누그러질까 싶었다. 저 상사 재수 없다. 출근은 지옥이다. 어쩜 이렇게 작고 귀여운 월급이 있을까…. 회사에 대한 서운한 감정을 쏟아냈다. 그런데 매일 이렇게 쓰다 보니 창피했다. 내 글에는 최악만 있고 최선은 없었다.

최악의 상처를 글로 묘사할 때 덧붙여야 할 것이 있다. 바로 '최선을 위한 다음'이다. 지난 상처를 되짚어볼 때는 다음에 상처받지 않기 위한 고민도 동반되어야 한다. 나는 머릿속으로 끝없이 '다음'을 시뮬레이션해본다.

- 또다시 이런 일이 생기면 어떻게 대처할까.
- 다음에 또 그런 사람을 만나면 어떻게 관계를 맺을까.
- 다음에도 같은 선택을 하지 않으려면 어떻게 해야 할까.

나는 늘 '다음에는 어떻게 나를 지켜낼 수 있을까'를 고민했다. 상처를 글로 옮길 때는 이성적이어야 한다. 어쩔 수 없이 받아버린 상처가 커다란 흉터로 남지 않을 방법을 고민한 흔적을 남겨야 한다.

책을 읽다 보면 당장 밑줄을 긋고 싶을 만큼 와닿는 글귀를 만날 때가 많다. 곰곰이 생각해보면 그 글이 내 마음을 붙드는 이유는 하나다. 다른 사람이 쓴 글을 통해 내가 깨닫게 된

바가 있기 때문이다. 지식으로나 감정으로나 무엇으로든 말이다.

상처를 치유하며 '나다운 나'를 찾는 많은 방법이 있다. 그중 글을 선택했을 때 좋은 점은 '극복할 수 있는 나'를 스스로 발견하게 된다는 점이다.
그렇다면 상처를 글로 옮기면 어떤 일이 생길까. 정여울 작가는 한 강연에서 이렇게 말했다.

"상처가 있다면 일단은 혼자 글을 써봤으면 좋겠어요. 혼자 글을 써본 다음에 그게 어느 정도 정리가 되고 상처와 거리가 생긴 것 같으면, 그다음에는 나를 진심으로 위해주고 좋아해 주는 사람한테 보여주세요. 그럼 더 치유돼요. 그 후에 글을 발전시키거나 더 많은 사람에게 보여주세요. 그러면 신기하게도 내적 자아도 성인 자아도 활성화가 되고, 그 이야기를 듣는 사람도 위로가 돼요."

상처를 글로 옮기면 위로가 된다. **내가 나를 위로하고, 내가 남을 위로하고, 위로받은 남이 또 다른 타인을 위로한다.** 삶을 지탱해주는 수많은 위로가 소리 없는 글에서 시작된다.

내가 첫 책인 《나는 슈퍼 계약직입니다》를 출간하고 가족과 지인들에게 가장 많이 들었던 말이 "고생 많았다"였다. 그 말에는 중첩된 의미가 있었다. 글 쓰느라 고생했다. 차별이 난무하는 환경에서 꿋꿋하게 일하느라 고생했다. 두 가지 의미였다. 이미 인터넷 플랫폼에 글을 연재하며 많은 위로와 공감을 받았던 터라 아무렇지 않을 줄 알았는데, 괜히 더 힘이 났다.

글쓰기는
상처를 이겨낼 자신만의 언어를 찾아내는 일이다.

재능 없는 사람은 없다

버스나 택시에서 여자 기사님을 만나면 자꾸 눈길이 간다. 뭐랄까. 투박한 유니폼에서 포스가 흐른다. 거기에 보잉 선글라스를 폼나게 매치했을 때, 커다란 핸들을 자유자재로 돌릴 때, 꽉 막힌 도로에서 부드럽게 차선을 변경할 때, 특히 난폭 운전을 하며 욕설을 내뱉는 운전자를 내려다보며 "쥐뿔~ 껴들지도 못하면서 빵빵거리기는!" 하며 제쳐버릴 땐 요즘 말로 좀, 쩐다.

그리고 그때마다 생각나는 기사님이 있다.

―

오래전 일이다. 퇴근 때쯤 회식을 통보받은 날이었다. 하필이면 금요일이었다. 나는 빠져나갈 방법을 모색하다가 얼마 전부터 끌고 다니기 시작한 자동차를 핑계 삼았다.

"팀장님, 제가 차를 가져와서 오늘 술 마시기 힘들 것 같⋯."
"내가 대리비 줄게."

부하직원 대리비까지 직접 내주겠다는 팀장에게 더는 할 말이 없었다. 회식 장소로 끌려가 폭탄주를 마실 수밖에.
회식은 자정쯤 끝났다. 팀장은 내 손에 만 원짜리 세 장을 쥐어 줬다. 돈은 받았지만, 대리기사를 불러야 할지 택시를 타야 할지 고민됐다. 혼자 있을 때 대리운전을 이용해본 적이 없었다. 그렇다고 늦은 시간에 한산한 유흥가에서 여자 혼자 택시를 잡는 일도 내키지 않았다. 또 택시를 타면 내일 다시 이 동네로 차를 가지러 와야 했다. 어쩔 수 없이 대리운전 서비스를 신청했다. 드문드문 취한 사람들이 지나가는 게 보였다. 나는 자동차 문을 잠그고 라디오를 켰다.

똑똑.
10분쯤 흘렀을까. 누군가 유리창을 두드렸다. 40대 중반으로 짐작되는 여자였다. 뭐지? 혹시 문을 열면 뒤에 흉기를 들고

있는 남자들이 있는 건 아닐까. 숱한 괴담과 사건을 떠올리며
창문을 찔끔 내렸다.

"하~아. 대리 부르셨죠? 저, 사장님, 문 좀 빨리 열어주시겠
어요?"

여자 대리기사님을 만난 건 처음이었다. 그 순간 긴장이 확 풀
렸다. 문을 열자 기사님은 허겁지겁 들어와 운전석에 앉은 후
딸깍 문을 잠갔다.

"하~아. 얼른 출발, 하~아, 하겠습니다. 하~아. 근데 라디오가
소리가 좀 크네요. 하~아."

그녀는 숨을 거칠게 내쉬었다. 여기까지 뛰어온 것이다. 일 때
문만은 아닌 것 같았다. 자정이 넘은 시간, 한적한 유흥가는
음산하다. 나도 기다리는 동안 의자에 몸을 바짝 붙여 지나가
는 사람들의 눈에 띄지 않으려 했다. 그녀도 나와 같은 심정으
로 달려왔으리라.

단아한 중년 여성이 왜 이 시간에 대리운전 일을 할까. 이런저

런 대화를 하던 중에 기사님의 사연을 듣게 됐다. 작은 사업체를 운영하던 남편이 반년 전에 세상을 떠났단다. 결혼 후 풍족한 전업주부로 살아온 지 20년, 상상조차 해본 적 없던 남편의 부재는 삶을 송두리째 바꿨고, 회사, 집, 차를 포함한 모든 재산도 순식간에 사라졌다.

"집에서 살림만 했어요. 세상 어찌 돌아가는지 아무것도 몰랐죠. 의지하던 남편이 죽고 세상 끝났다 싶어 매일 울기만 했어요. 그러다 정신을 차려보니, 반지하 월셋집에 이사 와서도 한마디 불평 없이 엄마 옆을 지켜주는 아이들이 보이더라고요."

슬픔이 떠난 자리에는 생계란 문제가 들어섰다. 돈이 필요했다. 남편이 그랬던 것처럼 그녀도 가정경제를 책임져야 했지만 20년 차 '경단녀(결혼, 육아 등으로 직장 경력이 단절된 여성)'가 당장 시작할 수 있는 일은 많지 않았다. 도대체 내가 잘할 수 있는 일이 뭘까. 그녀는 태어나 처음으로 아내, 엄마, 딸이 아닌 자신에 대해 생각해봤다고 한다.

"생뚱맞게도 운전이 떠오르더라고요. 남편이 저한테 '주차의 신'이라고 불렀거든요. 제가 요리보다 운전을 더 잘해요. 그래서 일단 대리운전을 시작하기로 했죠. 조만간 택시 회사나 버스 회사에 취직할 목표도 세웠고요. 근데 이게 가능할까요?"

그녀는 구구절절한 이야기를 쏟아내면서도 안정적으로 운전했다. 이 정도 실력이면 충분히 가능하지 않을까 싶었다.

집에는 새벽 1시쯤 도착했다. 당시 내가 살던 동네는 늦은 시간에는 택시기사님도 들어오기 싫어하는 곳이었다. 태워 나갈 손님이 없는 동네라나. 나는 대리비를 건네며 '이 근처는 손님도 교통편도 없어서 나가기 어려울 것'이라 알려줬다. 처음 만났을 때 숨이 넘어갈 정도로 헉헉거리며 달려왔던 기사님의 모습이 다시 떠오른 탓이다.

"잠깐 가로등 불빛 없는 곳에 숨어 있다가 나가면 돼요."
"왜 불빛 없는 곳에 계시려고 해요?"
"안 보이는 게 더 안전한 것 같아서요."

우린 그렇게 헤어졌다. 집으로 들어가다가 걱정스러워 뒤를 돌아봤다. 기사님은 보이지 않았다. 아마도 불빛이 없는 어디론가 뛰어간 듯했다.

−

요즘도 대중교통에서 여자 기사님을 만나면, 그때 그 대리기사님이 생각난다. 끝내주는 운전 실력의 그 기사님은 지금쯤 어떤 차를 운전하고 있을까. 버스를 몰고 있을까, 택시를 운전하고 있을까. 무엇이 됐든 더는 어두운 밤거리를 뛰어다니지 않았으면 한다. 그리고,

어느 날 삶이 길을 잃더라도
멈추지 않고 앞으로 달렸으면 좋겠다.
모든 길은 이어져 있으니까.
결국은 목적지와 만날 길을 찾게 될 테니까.

나는 삼천포로 빠질 때가 많다. 운전할 때도 내비게이션을 보면서도 엉뚱한 길로 빠져서 도착 시각을 훌쩍 넘기곤 한다. 쇼핑 갔다가 부산을 찍고 돌아올 뻔한 적도 한두 번이 아니다.

대화할 때도 다르지 않다. 분명 의도한 주제가 있음에도 마지막에는 엉뚱한 말로 끝나곤 한다. 예를 들면 '우리 이번 여름에 제주도 가자'란 얘기를 시작해놓고 제주도의 아름다운 풍경과 맛집에 대해 떠들다가 '제주도는 더워서 민소매 티셔츠를 입어야 할 텐데, 팔뚝이 출렁거려서 큰일이네. 맞다! 요즘 간헐적 단식이 유행이라며?' 하고 다이어트에 대한 내용으로 대화를 끝낸다. 여행과 다이어트. 서로 완전히 관련이 없는 키워드는 아니지만, 늘 이런 식이다.

그래서 나는 말보다 글이 좋다. 말은 뱉으면 게임 아웃이지만, 글은 써놓고도 바꿀 기회가 많다. 어딘가에 섣불리 공개하지만 않는다면 말이다.

글도 말과 같다. 몇몇 상황에서 주제를 잃고 헤맬 수 있다.

◆ 글이 경로를 이탈하게 되는 여러 상황

1 >> 욕심 때문에 횡설수설하게 될 때

가끔 '글발'을 받을 때가 있다. 쥐어짜지 않았는데 그럴듯한 문장이 쏟아진다. 더 멋지게 쓰고 싶다. 쓸데없이 욕심이 생긴다. 그럴수록 글은 길고, 느끼하고, 모호해진다. 주제도 샛길로 빠진다. 샛길은 지름길이 아니다. 샛길로 빠진 이야기는 엉뚱한 결론을 내린다.

느낀 그대로, 아는 만큼 쓰자. 최대한 담백하게 서술해나가자. 그러면 결코 횡설수설하지 않는다.

책 《대통령의 글쓰기》를 쓴 강원국 작가는 이를 '횡설수설'이라 표현하며 위와 같이 조언했다.

2 >> 쓰고 싶은 마음과 감추고 싶은 마음이 공존할 때

한 선배는 10년 넘게 글 쓰는 일을 해왔지만, 단 한 번도 자신의 이야기를 쓰지 못했다고 한다. 마음속 묵은 감정을 쏟아내려면, 하기 싫은 얘기까지 써야 했다. 매번 갈등했다. 그때마다 쓸 용기를 내지 못했다. 선배는 이를 극복하기 위해 기술을 갈고 닦았다. 문장력과 표현력으로 승부를 볼 셈이었다. 그러나 멋진 문장도 감추고픈 이야기 속에서는 빛나지 못한다. 빙빙 돌려가며 하는 이야기는 어쩔 수 없이 티가 나기 마련이다. 힘들겠지만 글을 쓸 때는 쉽고 친절해야 한다. 아름답지만 모호한 문장으로 채워진 글에서 작가의 마음을 찾기 위해 아낌없이 시간을 내어주는 독자는 많지 않으니까.

3 >> 팩트에 집착할 때

글을 쓰다 보면 설득력을 높이기 위해 인용과 통계를 활용하기도 한다. 그런데 '사실'과 '정보'에 집착하다 보면 애초에 전달하려는 주제는 힘을 잃기 쉽다. 자료는 어디까지나 내 이야기를 도울 뿐이다. 쓰는 이의 생각보다 남이 만든 자료가 더 많은 비중을 차지하는 글은 온기 없는 보고서에 가깝다.

글을 쓰다 보면 어쩔 수 없이 경로를 이탈할 때가 있다. 글이 한 번에 완성되면 가장 좋겠지만 원래 글이란 한 번에 써지지 않는 법이다. 그렇다면 어떻게 글을 고치면 좋을까? 글이 처음 의도대로 가고 있지 않는 것처럼 느껴지지만 그 이유는 잘 모르겠을 때, 나는 주로 세 가지 방법을 쓴다.

◆ 경로 이탈한 글을 살려내는 법

1 >> 일단 묵힌다

수정하고 또 수정하다가 도저히 안 되겠다 싶을 때는 글을 덮어버린다. 잠시 글을 묵히는 것이다. 오래전에 쓴 일기를 다시 읽어보면 내가 쓴 글인데도 '내가 그랬다고?' 하며 낯설게 느껴졌던 경험이 한 번쯤은 있을 것이다. 시간이 지난 후에 다시 열어보면 신기하게도 새로운 대안이 보인다.

2 >> 과감하게 버린다

내가 쓴 문장을 아까워하다 보면 글 전체가 뒤죽박죽되기 쉽다. 전체 맥락과 어울리지 않는 문장과 문단은 과감하게 제거한다. 개인적으로 가장 어려워하는 부분이다. 대신 삭제한 문장은 따로 모아서 휴대전화 메모장 애플리케이션에 저장하는 것으로 위안 삼는다. 이런 문장도 모아놓았다가 다시 보면 또 하나의 새로운 글감으로 탄생하곤 한다.

3 >> 다른 사람에게 물어본다

경로를 이탈했을 때 좀 더 앞으로 가볼까 아니면 왔던 길로 돌아갈까, 고민될 때는 혼자 생각하지 말고 다른 사람이건 인터넷이건 일단 묻는 게 낫다. 글은 길과 비슷해서 혼자 찾기에는 벅찰 때가 있다. 다른 사람에게 내 글이 읽히는 경험은 부끄럽겠지만, 일단 한번 보여주자. 의외로 다른 사람이 어렵지 않게 쉽게 길을 찾아주기도 하니까.

글은 길과 같다. 잠시 길을 잃더라도 달리고 달리다 보면 목적지에 도착할 수 있는 것처럼, 다시 살려낼 수 없을 것 같은 글도 퇴고하고 또 퇴고하다 보면 원하던 주제에 닿을 수 있다.

엄마는 그렇게 '할마'가 되었다
글감 찾기가 어렵다면 고민부터!

흐느껴 울던 여자가 바닥에 주저앉았다. 당황한 남편이 그녀의 팔을 잡아당겼지만, 꿈쩍도 하지 않았다. 그런 그녀를 일으켜 세운 건 친정엄마의 질문이었다.

"너 나중에 내가 죽어도 그렇게 울어줄 거지?"

직장 동료인 그녀는 복직을 앞두고 대전에 있는 친정집에 갔다고 했다. 6개월 된 딸을 친정엄마에게 맡기기 위해서였다. 앞으로 매달 딸을 만나는 횟수는 많아야 네 번. 서울과 대전이 이토록 먼 거리였던가. 가족을 위한 최선의 선택은 가족이 흩어지는 것이었다. 그녀는 괴롭고 아팠다. 특히 이 결정에 아무런 의견도 낼 수 없는 어린 자식을 보고 있자니, 뜨거운 죄책

감이 밀려들었다.

하지만 나는 직장동료와 딸보다 그녀의 친정엄마가 걱정됐다. 10년 넘게 조카를 돌보고 있는 나의 엄마도 그렇게 할마(할머니와 엄마를 결합한 합성어)가 됐기 때문이다.

—

엄마가 '엄마'가 된 건 스물한 살 때 일이었다. 덕분에 나는 엄마의 20대를 기억한다. 잘 웃었고, 잘 꾸몄고, 잘 돌아다녔고, 집에 있기에는 아까울 정도로 잘하는 게 많았다. 이렇게 활달한 여자가 어째서 내성적인 아빠 같은 남자랑 결혼한 걸까. 중매가 아니었다면 둘의 만남은 애당초 불가능해 보였다. 만약 그랬다면 아빠와 꼭 닮은 '집순이'인 나도 없었겠지.

"혹시나 해서 하는 말인데, 난 절대 손주 못 키워준다."

오빠와 내가 성인이 된 후로 엄마는 줄곧 저렇게 선전포고를 해왔다. 자연스러운 일이었다. 꿈 많고 풋풋한 나이에 결혼해 아이 둘을 키워냈으니, '우리 가족 희생 1호'로 20년 넘게 살아왔으니 엄마에게도 엄마 인생이 있어야 했다.

그런 엄마의 선전포고는 오빠가 이혼하면서부터 좌절됐다. 겨우 돌이 지난 조카를 돌볼 사람이 없었다. 엄마가 다시 '우리 가족 희생 1호'가 됐다. 40대 후반부터 '제2의 인생'을 준비하던 엄마에게 '제2의 육아'는 감당하기 쉽지 않은 일이었다. 게다가 그때 엄마는 한참 갱년기 증상으로 고생하던 중이었다.

종일 울고불고 보채던 조카는 엄마가 업어줘야만 조용해졌다. 엄마 표정은 삭막하게 변해갔다. 조카를 제외한 가족에게 버럭 화를 내고 소리 지르는 일이 늘었다. 집 안은 긴장감이 흘렀다. 짜증은 수류탄처럼 불특정 다수에게 투척되곤 했다. 물론 그 대상은 만만한 막내딸인 내가 될 때가 압도적으로 많았지만 말이다.

"힘들어 죽겠어. 아휴 그러니까. 내가 그때 그렇게 결혼하지 말라고 했는데…."

갱년기에 육아 스트레스까지 생긴 엄마는 오빠에게 해야 할 원망도 내게 쏟아낼 때가 많았다. 그럼 나는 오빠를 욕했다. "이게 다 그 자식 탓!"이라고 해야 엄마 화가 사그라들었다. 손자 육아로 포기한 게 많은 삶이면서도 아들 욕은 듣기 싫어했다.

조카는 점점 오빠를 닮아갔다. 오빠는 엄마를 많이 닮았다. 조카의 얼굴 변화는 엄마에게 육아를 견디는 원동력이 됐다. 시간이 흐를수록 짜증을 내는 일도 줄었다.

–

아이는 누워 있을 때가 손이 덜 간다더니 진짜 그랬다. 또래보다 키가 큰 조카가 걷기 시작할 무렵, 엄마의 체력도 한계에 부딪혔다. 몸 마디마디 번지는 통증으로 병원에 가야 하는 날이 늘었다. 그마저도 조카를 데리고 가야 하는 탓에 통증은 쉼이 없었다.

"엄마, 오늘은 편하게 병원 다녀와. 친구도 만나고."

육아에는 가족 참여가 중요하다. 여자 마음은 여자가 안다고. 하루쯤 엄마를 편하게 해주고 싶어 연차를 냈다. 처음으로 아무도 없는 집에서 조카와 단둘이 있게 됐다. 당시 조카는 세네 살 쯤으로, 기저귀를 차고 있었으나 잘 걷고 말도 곧잘 했다. 나는 의사소통이 가능한 아이는 돌보기 쉬울 줄 알았다. 어린아이 체력이 어른보다 월등하다는 것. 궁금증이 〈아라비안나이트〉 수준이란 걸 몰랐던 거다.

조카는 '곧잘' 걷는 게 아니었다. 집안 여기저기를 뛰어다녔다. 틈틈이 말꼬리도 잡고 늘어졌다. 그런데도 조용한 게 더 겁났다. 밥 먹다가 조용해서 가보면 화장실 휴지를 다 풀어놓았거나 빨래를 걷다가 조용해서 가보면 온 집안 서랍장이 다 열려 있다거나, 잠시 화장실에 다녀오면 벽지에 낙서가 되어 있었다. 그리고 무엇보다,

"고모, 나 기저귀 갈아야 해."

똥 기저귀를 갈아달라는 조카의 당당한 요구는 좀 무서웠다. 사랑하는 조카라도 들어주기 힘든 요구였다. 나는 비위가 약한 편이다. 엄마를 닮아서다. 엄만 어떻게 매일 기저귀를 갈았을까. 이런 생각을 하니 용기가 났다. 숨을 참고 묵직한 기저귀를 풀어 둥그렇게 말았다. 그 후 조카를 화장실로 데려가 엉덩이에 물을 뿌려줬다. 그런데,

"끝이야? 할머니는 비누로 닦아준단 말이야."

뒤처리가 마음에 들지 않았던지 조카가 앙칼지게 돌변했다.

그 순간 잔인하게도 엄마가 빨리 돌아왔으면 했다.

–

둘이 편하다는 사람들과 혼자가 낫겠다는 사람이 늘고 있다. 가족 희생으로 버텨낸 사람들조차도 차라리 외롭고 말겠다고 한다. 고통을 분담해온 가족 덕분에 성장해온 사회가 헌신을 사랑이라 부른 탓이다. 크고 작은 희생을 당연시한 탓이다.

할머니는 할마가
할아버지는 할빠가
엄마는 슈퍼우먼이
아빠는 슈퍼맨이 되지 않아도 괜찮은 세상을 꿈꾼다.

우린 공유하는 시대에 살고 있다. 고민도 예외는 아니다.

네이버 지식인에 궁금증을 올리면 '수호신'과 '우주신'이 해결해준다(네이버 지식인의 등급명이다). 네이트판에 억울한 일을 올리면 사람들이 대신 욕을 해준다. SNS에 선택이 힘들다고 토로하면 팔로어가 대신 선택해준다. '좋아요'까지 눌러주면서 말이다. 여기저기 털어놓고 공유할 곳이 많다 보니 이제는 인터넷 맞춤 광고까지 내 고민을 해결해주겠다며 모니터 귀퉁이에서 불쑥불쑥 튀어나온다.

엄마도 조카를 키우며 받은 육아 스트레스를 카카오톡 채팅으로 풀었다. 수다를 좋아하는 엄마의 고민은 틈틈이 텍스트로 공유되곤 했다. 특히 단체 대화방에서는 실시간으로 공감과 위로를 건네는 친구가 많았단다. 카카오톡이 없었다면 엄마의 우울증은 더욱 깊어졌을지도 모른다.

기술 발전으로 '말발'만큼이나 '글발'도 중요해졌다. 소소한 이야기와 소외된 이야기도 주목받을 수 있게 됐고, 누구나 작가가 될 수 있는 세상이 열렸다. 이를 증명하듯 서점에는 전문가 추천 없이, 유명 작가란 타이틀 없이도 대중들의 관심을 끄는 책이 늘고 있다. 《죽고 싶지만 떡볶이는 먹고 싶어》, 《무례한 사람에게 웃으며 대처하는 법》, 《하마터면 열심히 살 뻔했다》 등이다. 여기에는 독립 출판으로 입소문을 탔던 책도 있고, SNS에 글을 연재하던 무명작가의 책도 있다.

평범한 사람들이 쓴 책이 베스트셀러가 될 수 있었던 이유는 뭘까. 책 제목들을 곱씹어보면 우리 고민과 맞닿아 있음이 보인다. 현대인의 우울증과 무기력, 갑질이 만연한 직장생활, 힘 빼고 사는 인생 등. 현상을 분석한 전문가 조언이 담긴 책이 아니다. 그 현상 속에서 고민하는 이들의 실제 이야기다. 요즘 독자들에게 책은 거울이다. 나와 닮은 이야기를 읽으며 공감하고 위로받고 싶어 한다.

이제 '고민'과 '글쓰기'는 한 몸이다. 요즘 많은 글쓰기 강좌에서도 '잘 쓰는 것'이 아닌 '잘 살기 위해 쓰는 것'을 목표로 한다. 과제 역시 대부분 나의 고민과 상처를 드러내게 만드는 주제를 준다. 그러나 겁먹을 필요는 없다. 우리에게는 저마다 치열하게 고민하고 실패했던 분야가 있지 않은가. 그런 경험을 하고도 어떻게든 살아내고 있는 우리의 인생은 생각보다 가치 있는 이야기다. 그러니 가감 없이 글로 옮겨보자. 나의 글이 누군가에게는 의미 있는 텍스트가 될 테니까.

결혼의 의미에 대해 고민하는 중이라면 '연애와 결혼'에 대한 글을, 회사 생활이 이런 건 줄 몰랐던 신입사원은 '요즘 것들의 직장생활'을 담은 글을, 종일 집에서 아기를 돌보는 초보 엄마는 '육아의 힘듦과 고민'에 대한 글을, 정년퇴직한 어르신이라면 '인생 2막'에 대해 써보면 어떨까.

글감이 떠오르지 않는 초보자라면 **내가 잘 아는 것, 내가 경험한 것, 내가 느껴본 것, 내가 관찰해온 것부터 써보자. 그러다 보면 내가 가장 잘할 수 있는 이야기가 무엇인지 발견할 수 있을 테니까.**

언니의 마음

안 읽히는 글의 특징

명절을 앞두고 인천에 사는 이모에게 선물을 보냈다. 이모와 이모부가 드실 녹용과 이모며느리가 쓸 화장품이었다. 언뜻 어른을 공경하는 예의 바른 조카처럼 보이는 나의 행동에는 이유가 있다. 바로 '미안함' 때문이다.

내가 결혼한 후 엄마는 명절마다 조카와 둘이 인천 이모네 집에 간다. 외할머니와 외할아버지는 오래전에 돌아가셨다. 아빠와 오빠는 명절에도 일할 때가 많다. 차례도 지내지 않다 보니 엄마의 명절은 나와 거실에 앉아 전을 부쳐 먹는 게 전부였다. 내가 결혼을 하고 그마저도 어려워지자 아들, 손자, 며느리가 모이는 인천 이모네 집에 가기 시작했다. 이때부터였다. 원래도 가까웠던 엄마와 인천 이모 관계는 강력 접착제로 마감처리를 한 듯 각별해졌다.

이모와 엄마가 끈끈해질수록 내 마음은 불편해졌다. 환갑이 가까운 나이에 혼자 손자를 키우는 엄마를, 딸이 제대로 챙기지 못해서 이모가 나선 게 아닐까 싶어서였다. 그래서 이번 명절에는 인천 이모네 선물까지 챙기기로 한 것이다.

-

내가 명절마다 신경 쓰는 사람은 인천 이모뿐만이 아니다. 부산 이모님들도 있다. 바로 남천동에 사는 시이모님과 전포동에 사는 시이모님 두 분이다. 매년 명절, 당일 저녁 식사는 되도록 두 시이모님 가족과 함께 먹는다.

결혼하고 시댁에서 첫 명절을 보낼 때였다. 모든 며느리가 그렇겠지만 나도 시댁에서 보내는 명절이 꽤 불편했다. 앞에 언급했듯이 친정집은 차례도 드리지 않고, 친척 간의 왕래도 거의 없다. 매년 돌아오는 설과 추석은 내게 평화로운 휴일 그 자체였다. 명절 당일 아침도 스타벅스에서 빵과 커피로 대신할 정도였으니까.

시댁은 친정과 달랐다. 시아버님은 다섯 남매 중 장남이다. 덕분에 집안 크고 작은 행사는 모두 시어머님 몫이다. 차례상은 텔레비전으로만 봐온 게 전부였던 나는 새벽부터 음식을 장만하고, 종일 개수대 앞에서 설거지하고, 끝없이 술상과 밥상을 차려야 하는 명절이 익숙하지 않았다.

나는 서른이 다 되도록 과일도 제대로 깎아본 적이 없다. 칼질이 서툴렀다. 그런데도 당당하게 시할머니와 기 센 시고모님들 앞에서 감자 칼로 사과 껍질을 깎았다. "질부야. 너 사과 그렇게 깎으면 안 돼"라고 충고하는 한 시고모님께 명랑한 목소리로 "그냥 칼로 깎으면 사과 절반이 껍질이랑 같이 날아갈걸요?"라고 떠들어대기까지 했다.

시할머니댁에서 차례를 지낸 후 시이모님 댁에 가기로 했을 때도 기분이 별로였다. 게다가 첫 명절이라 그런 걸까. 평소에는 잘 챙기지도 않았던 엄마 아빠가 왜 그리 보고 싶은지.

남천동 이모님 댁에 들어설 때는 '이번에도 사과는 감자 칼로 깎아야겠어!' 하는 오기가 발동됐다. 그때 이런 내게 누군가 다가와 덜컥 어깨를 안아줬다. 시어머니 셋째 언니인 전포동 이모님이었다.

"우리 조카며느리 고생 많았지? 고맙다. 이모들까지 보러 와줘서."

이어서 시어머니 둘째 언니인 남천동 이모님도 내 손을 잡아줬다. 그리고는 '방에 들어가 쉬고 있으면 이모들이 밥을 차려주겠다'며 딸처럼 챙겨주는 게 아닌가. 이틀간 긴장한 탓인지, 이런 명절은 처음인 탓인지, 나는 부산 이모님들의 온기와 말에 눈물이 고였다.

그 후 매년 명절마다 시이모님 댁에 간다. 친구들은 내게 그건 좀 과한 거 아니냐고 묻기도 하지만, 나는 이상할 정도로 한결같이 내게 따뜻하게 대해주는 시이모님들을 만나는 게 정말 좋다.

–

- 우리 이쁜 조카 하루야. 고맙다. 이모한테 귀한 선물을 다 보내주고.
- 엄마가 이모네 자주 가잖아요. 여행 갈 때도 항상 불러주시고. 전 그게 늘 미안하고 감사해요.

선물을 받은 인천 이모에게 문자메시지가 왔다. 표현에 서툰 나는 메시지로 감사한 마음을 전했다. 그러자 이모에게서 뜻밖의 답장이 돌아왔다.

- 미안해할 거 없어. 이모가 사랑하는 동생이 보고 싶어서니까.

나는 한참 동안 정지된 화면처럼 휴대전화를 들고, 이모가 보낸 메시지를 읽고 또 읽었다. 그제야 인천 이모를 비롯해 부산에 계신 시이모님들이 내게 따뜻하게 대해줬던 이유를 짐작할 수 있었다. 그건 '언니의 마음'이었다.

나의 엄마도, 시어머니도 이모들에게는 항상 챙겨주고 싶은 예쁜 동생이다. 시어머니는 친정 부모님이 돌아가신 뒤로는 눈치가 보여 명절 내내 시댁에 묶여 있었는데, 며느리가 생기면서 당당히 '언니 집'에 갈 핑곗거리가 생겼다. 시이모님들은 명절마다 동생 얼굴을 볼 수 있는 핑곗거리가 되어준 내게 고마웠던 것이다.

다행이었다. 이모님들이 내게 준 따뜻함의 원천이 내가 아닌 어머님들에게 있어서 말이다. **누군가를 사랑하기 때문에 그 누군가의 옆 사람까지 사랑해버리는 마음**. 그러니까 내리사랑을 위해 건너뛰기 사랑까지 해버리는 이모님들의 마음이 고맙고 또 고맙다. 아무것도 하지 않고도 사랑받을 수 있는 행운을 내게 주었으니까.

이모님의 문자에서 비로소 그 마음을 읽었던 것처럼, 남이 쓴 글에서는 남의 마음이 읽히고, 내가 쓴 글에서는 내 마음이 읽힌다. 얽히고설킨 감정도 문장으로 옮겨보면 마음에 담아만 뒀을 때보다 잘 드러난다. 물론 잘 읽히도록 쓰는 노력이 필요하겠지만 말이다.

예전에 다녔던 회사에서는 매년 수필 공모전을 열었다. 유명한 공모전은 아니지만 매회 500편 정도의 작품이 접수됐던 것으로 기억한다. 제출은 인터넷과 우편 모두 가능했지만 직접 원고를 들고 사무실로 찾아오는 이들도 있었다. 원고 접수를 눈으로 확인해야만 안심되는 사람이거나 만년필로 꾹꾹 눌러 쓴 원고를 직접 전하려는 사람이었다.

찾아오는 사람들의 모습은 비슷비슷했다. 한겨울에 아기와 외출한 엄마들처럼 원고를 품 안에 품고 들어온다. 그 따끈따끈한 원고를 받아들 때면 새삼 글이 가진 능력이 위대해 보였다. 글은 한 사람의 인생을 담아도 크거나 무겁지 않았다. 어마어

마한 인생이 담긴 글도 한 사람의 품에 쏙 들어왔으니까.

그러나 공모전은 경쟁이다. 정성껏 글을 썼다고 해서, 모든 지원자에게 상을 주지는 않는다. 심사는 세 단계로 진행됐다. 1차는 담당 부서에서, 2차는 시인과 수필작가님이, 3차는 2차를 심사한 작가님들과 사보 편집위원이 맡는다. 덕분에 자격 미달인 나도 1차 심사에 참여할 수 있었다.

처음에는 즐거웠다. 업무시간에 대놓고 딴짓하는 기분이었으니까. 작품은 대부분 A4용지 세 장을 넘지 않았다. 분량 제한을 준수한 것이다. 짧으면 1,500자, 길어야 2,800자 정도였으므로 읽기에 부담스러운 글자 수는 아니었다. 그러나 읽어야 할 작품은 500편. 2,300자를 평균치로 계산하면 내가 읽어야 할 글자 수가 대략 115만 자에 이르렀다.

한꺼번에 많은 글을 읽다 보니 도무지 읽기 힘든 작품도 많이 만났다. 이유는 저마다 달랐지만 안 읽히는 글들은 대체로 비슷한 특징을 가지고 있었다.

◆ 잘 읽히지 않는 글의 특징

1 >> 처음부터 끝까지 멋지게 모호한 글

간혹 좋은 문장에 대해 오해하는 분들이 있다. 많이 꾸며질수록 멋진 문장이라 믿는 것이다. 이는 수식어 과잉, 조사 과잉, 감정 과잉 등으로 이어진다. 무엇이든 과하면 부담스럽다. 특히 처음부터 끝까지 잔뜩 힘을 준 글은 읽기 힘들다.

회색빛이 감도는 하늘에서 부슬부슬 비가 쏟아져 내리는 날이면, 텅 빈 내 마음에는 황량한 사막처럼 쓸쓸한 고독감이 밀려와서 처절하고 비참하게 외로워진다.

예를 들면 이런 문장이다. 이 문장은 '비 오는 날은 좀 외롭다' 정도로만 써도 의미가 잘 전달된다. 문장에도 힘 조절이 필요하다. 강, 약, 중간, 약, 강, 약~

2 >> 의식의 흐름대로 써서 이해할 수 없는 글

써보지도 않고 고민만 하는 것보다 일단 의식의 흐름대로라도 쓰는 걸 추천한다. 그러나 그렇게 풀어낸 글을 사람들에게 바로 보여줘서는 안 된다.

글쓰기가 감정 치유에 도움이 되는 이유는 '퇴고'에 있다. 퇴고는 단순히 맞춤법을 확인하고 글자 수를 맞추는 작업이 아니다. 머리와 마음으로 쏟아낸 텍스트를 다듬고 정리하는 일이자 남들도 내 마음을 쉽게 읽을 수 있도록 만드는 과정이다. 타인에게도 잘 읽히는 글을 쓰고 싶다면 자신부터 냉정한 독자가 되어야 한다.

- 주제가 명확한가?
- 문장이 매끄러운가?
- 불필요한 문장은 없는가?

글을 읽고 질문해보자. 독자가 되어 내 글을 읽어봐야 한다. 일기는 내 감정을 기록하는 글이지만 에세이는 내 감정을 전달하는 글이란 사실을 잊지 말자.

3 >> 맥을 짚을 수가 없는 글

사건, 등장인물, 주제가 중구난방인 경우이다. 쓰다 보면 엉뚱한 길로 빠질 때가 있다. 특히 애정이 가는 부분은 그냥 지나치지 못한다. 조연 또는 엑스트라일 뿐인데도 마음이 쓰여 과하게 집중하여 묘사한다. 여행기에서 사건과 관련 없는 일행

들까지 하나하나 자세하게 설명하는 식이다. 보통 사건에 대해 자세히 설명해야 독자들이 상황을 더 쉽게 이해한다고 생각한다. 그러나 받아들여야 하는 정보가 많을수록 독자는 글을 읽는 속도가 느려지고 이해하기도 어려워진다. 불필요한 인물, 정보, 기억, 감정은 과감하게 가지치기할 필요가 있다. 실제로 여행은 세 명이 갔더라도, 이야기에 두 명만 등장한다면 나머지 한 명은 아예 생략하는 편이 글의 몰입도나 완성도에는 훨씬 낫다.

사공이 많으면 배가 산으로 가는 것처럼, 이야기와 관련 없는 부분을 장황하게 보여주면 맥을 짚을 수 없는 글이 되고 만다.

그래도 미리 걱정하지는 말자.
쓸모없는 이야기는 없다.
좀 안 읽히는 글만 있을 뿐이다.

그의 전여친에게 했던 연애의 참견

↘ 내 글은 읽어도 남는 게 없다?

이 글은 20대 중반에 경험한 연애담입니다. 현재 함께 사는 남편과는 관련이 없음을 미리 알려드립니다. 언급되는 남자 이름도 가명임을 밝힙니다. 그러니 '성운'이란 이름을 가진 전국의 모든 남성 여러분은 안심하셔도 좋습니다.

-

"저 성운 오빠 여자친구예요."

여자가 내게 전화를 걸어온 건 이른 아침이었다. 출근길 지옥철에서 전화를 받았던 나는 그녀 얘기를 일방적으로 들어야 했다. 통성명도 없이 다짜고짜 내 애인이 자기 애인이고, 내 애인과 결혼할 사이라는 여자의 전화를 받아보라. 그럼 "네?" 말고는 딱히 할 말이 없다.

20분쯤 여자 말만 듣다가 이건 좀 아니다 싶었다. 그래도 그렇지, 지옥철을 타고 출근하는 사람한테 용건은 짧게 끝내야 할 거 아닌가. 나도 남자친구에게 확인해볼 테니 일단 끊자고 말했다. 여자는 할 말이 아직 남았단다. 어쩔 수 없이 일방적으로 통화 종료 버튼을 눌러야 했다. 가방 속에 넣어둔 휴대전화는 회사에 도착할 때까지 집요하게 몸을 떨었다.

연애를 시작한 지 3주 만에 벌어진 일이었다.

—

회사에 도착해 자리에 가방을 던져두고 건물 계단으로 갔다. 남자친구는 다정한 목소리로 전화를 받았다. 아직 사태를 파악하지 못한 듯했다.

"오빠. 나 오빠 여자친구라는 사람한테 전화 받았어."
"뭐라고? 민지가 전화했어? 미치겠네. 걔 말 들을 것도 없어."

짧은 통화로 두 가지 사실을 확인했다. 그에게는 정리되지 않

은 연애가 있다. 여자 이름은 '민지'다. 그와 통화를 마친 후에
도 민지 씨 전화는 계속됐다.

"민지 씨." 전화를 받아 이름을 부르자 할 말이 많다던 여자는
입을 닫아버렸다. 역전이었다. 그와 그녀와 나, 그중 결정권을
쥔 사람은 내가 된 것 같았다. 나는 그녀에게 당신 말이 사실
이라면 그와는 헤어질 테니, 둘의 문제는 두 사람이 해결하라
고 했다.

퇴근 후, 성운 오빠를 만났다. 그는 민지 씨가 전 여자친구라
고 했다. 같은 대학원에서 공부했던 후배인데 사귀다가 헤어
진 이후로 자신을 괴롭히는 중이라고 털어났다.

"솔직히 말해. 둘이 언제 헤어졌어?"

민지 씨는 자신을 '그와 결혼할 사이'라고 설명했다. 단순히
연애만 했다면 쉽게 나올 말이 아니었다. 그는 머뭇거리다가
두 달 전이라고 대답했다. 우리가 소개팅으로 만난 것도 두 달
전이었다. 게다가 아는 오빠에게 소개팅을 제안받았던 때는
두 달 반 전.

"여자친구가 있는데 소개팅한 거네? 나한테 환승한 거야?"

"걔 혼자 미쳐서 난리 치는 거야. 난 끝났어."

그가 일어서는 내 손목을 붙들었다. 오랜만에 시작한 연애의 끝이 지저분한 탓일까. 아니면 내가 저 사람을 생각보다 많이 좋아했던 것일까. 나는 감정을 주체하지 못하고 그의 뺨을 때렸다. 어디선가 본 듯한 막장 드라마가 연출됐고, 이제 내가 카페를 나갈 차례였다.

"나 누굴 이렇게 좋아해본 적이 없어. 진짜야. 믿어줘."

그가 무릎을 꿇었다. 진부했다. 그런데 더 진부한 쪽은 나였다. 결국 연애를 쫑내지 못한 걸 보면 말이다.

–

예전에 주식을 하다가 돈을 날린 적이 있다. 쭉쭉 날아오르던 주식이 내가 매입한 다음 날부터 떨어지기 시작했다. 설핏 회복이 어려울 수 있다는 불안감이 스쳤다. 그런데도 나는 추가로 주식을 매입했다. 이름도 기억나지 않는 가치투자자 글에서 하락장에는 주식을 추가로 사들여야 큰 수익을 올릴 수 있다는 내용을 본 영향이었다. 하락장은 끝이 없었다. 추가로 사들인 주식마저 반 토막이 났다. 나중에 돌이켜 생각해보니, 나는 투자자 말을 믿었다기보다는 내 선택을 믿고 싶었던 것뿐이었다.

딱 봐도 상장 폐지될 게 뻔한 주식을 계속 사들이는 것. 그때 내 연애가 이랬다. 주변 만류에도 계속된 연애는 끝도 없이 새로운 바닥을 드러냈다. 민지 씨는 계속 내게 전화를 해댔고, 처음에는 미안해하던 그도 태연해졌다. 누가 봐도 망한 연애를 끝내지 못한 것 역시 그가 좋은 사람이라는 확신보다는 내 선택이 틀리지 않았다는 사실을 믿고 싶어서였다.

그는 나와 데이트를 하면서도 민지 씨에게 걸려오는 전화를 꼬박꼬박 받았다. 민지 씨가 연락되지 않으면 죽겠다고 으름장을 놨단다. 민지 씨 말은 달랐다. 그가 기다리면 정리하고 돌아오겠다고 했단다. 그 말을 믿지는 않았지만, 마음은 찜찜했다. 누구 말을 믿어야 할지 판단이 서지 않았다.

그렇게 한 달이 더 흘렀을 때였다. 나와 데이트를 마치고 집에 돌아간다던 그가 민지 씨와 함께 영화를 보러 갔다는 사실이 들통났다. 그의 변명은 늘 똑같았다. 걔가 자꾸 죽어버리겠다고 하니까 어쩔 수 없잖아. 나는 나지막한 목소리로, 그 여자한테 나와 헤어지고 돌아가겠다고 한 적이 있느냐고 물었다. 전날 그와 영화를 봤다던 민지 씨에게서 들은 얘기였다. 순간 얼굴이 붉어진 그가 화를 내기 시작했다.

"걔가 그래? 넌 걔 말을 믿어? 그 미친년 말을? 진짜 미쳤네!"

이 말이 결정적이었다. 우유부단함은 견딜 만하다. 그러나 사랑했던 사람을 '미친년'이라 부르는 태도는 참을 수 없었다. 훗날 어디선가 다른 여자에게 나를 '미친년'으로 소개할 모습이 그려졌다. 이건 그가 가진 본성이자 관계를 대하는 태도였다. 단호하게 헤어지자는 나에게 그는 온갖 욕설을 내뱉으며 민지 씨를 원망했다. 끔찍했다. 대체 사람은 어디까지 잔인해질 수 있는 걸까.

─

그와 헤어지고 집으로 돌아오는 길. 또 민지 씨에게 전화가 왔다.

"저 헤어졌거든요. 이제 연락하지 마세요."

"그럴 줄 알았어요. 오빠가 어제 그러더라고요. 절 너무 사랑해서 헤어졌다고요. 제가 너무 아까웠다고."

그쯤에서 끝내야 했다. 그런데 그녀의 흡족한 목소리가 짠해서 참을 수가 없었다.

"오빠 때문에 죽으려고 했다면서요. 왜 그런 사람한테 목숨을 걸어요?"

"그걸 그쪽이 알아서 뭐하려고요?"

"그냥 민지 씨가 안타까워서요. 제발 좀 자신을 아끼세요."

끝내 민지 씨에게 그가 내뱉은 '미친년'이란 단어를 전달하지 않았다. 말했어도 믿지도 않았을 것이다. 그때 그녀에게는 내가 했던 '연애 참견'이 엉뚱해 보였을 테지만, 나는 진지했다. 사실 그녀에게 했던 말은 내가 나에게 하고픈 충고이기도 했으니까.

"내가 한 선택을 믿으려고 상처받는 상황마저 부정하는 건, 자신에게 너무 몹쓸 짓이잖아."

나쁜 연애를 스스로 쫑내고 싶다면 '왜', 즉 이유를 집요하게 물고 늘어져야 한다. 왜 이 사람과 헤어져야 하는지. 왜 이 연애가 나를 괴롭게 하는지. 왜 나는 이 연애를 그만두지 못하는지. 자신에게 묻고 또 묻다 보면 끝내야 할 이유가 끝내지 못할 이유보다 많다는 걸 깨닫는다. 그런데도 사랑하니까. 이런 결론이라면 다시 질문해보자. 나를 아프게 하는 사랑은 작고 힘이 없다. 아무리 덩치를 키워도 반쪽짜리다. 고통스러운 사랑의 결말이 해피엔딩이 될 확률은 희박하다.

나는 이별 외에도 크고 작은 일에, 그리고 글을 쓸 때도 '왜'를 따지고 든다. 아마도 이 일 때문인 듯하다.

초등학생 때 라디오 듣기가 취미였다. 침대 끄트머리에 올려둔 묵직한 라디오를 통해 언제든 입담 좋은 친구를 만날 수 있었다. 한 번 라디오를 켜면 끄고 자는 법이 없었다. 제일 좋아하는 프로그램은 〈이본의 볼륨을 높여요〉였다. 이본 언니의 까랑까랑한 목소리로 소개되는 사연은 늘 귀에 착 감겼더랬다.

책을 읽다 보면 글이 쓰고 싶다. 라디오도 듣다 보면 사연을 보내고 싶어진다. 컴퓨터와 휴대전화가 없던 시절, 아빠가 흥얼거리던 전영록 아저씨의 '사랑은 연필로 쓰세요'라는 노래 가사처럼 펜을 들고 사연을 썼다. '곧 엄마 생일인데 화장품 세트를 주시면 안 될까요?'라는 흑심 품은 글부터 '이본 언니는 예쁘고 착하고 짱입니다요'라는 아부성이 짙은 글까지. 매번 새로운 이야기를 보냈으나 방송에는 소개되지 않았다.

글발이 안 먹히니 말발로 작전을 변경했다. '전화 연결'에 도전하기로 한 것이다. 라디오 옆에 무선전화기를 배치하고는, 방송을 듣다가 주제와 전화번호를 알려주면 잽싸게 번호를 눌렀다. 그러나 두두두두두두두두두두. 매번 통화 중이었다. 한 달 넘게 전화했지만 한 번도 연결되지 않았다. 이본 언니가 알려준 번호가 존재하기는 하는 걸까. 의심이 생길 정도였다. 그렇게 몇 달이 지난 어느 날, 버릇처럼 전화번호를 눌렀을 때였다. 따르릉따르릉. 통화 연결음이었다. 으악. 이본 언니가 받으면 어떤 말부터 해야 하지?
전화를 받은 건 당연히 이본 언니가 아니라 작가 언니였다. 어쨌든 잠시 후 전국에 내 사연이 소개될 것이니 상관없었다. 작가 언니는 내게 어떤 사연이 있는지 물었다.

"엄마가요. 립스틱을 잃어버리고는 날 의심하고 혼냈어요. 근데 가방에서 립스틱을 찾고는 안절부절못하더라고요. 진짜 슬프고 웃겼어요."

"아, 그래? 근데 엄마가 **왜** 너를 의심했어?"

"네?"

"이유 없이 의심하진 않았을 거 아냐."

두두두두두두두. 작가 언니는 이유를 말하지 못하고 우물거리는 내게 "전화줘서 고마워"라며 전화를 끊어버렸다. 속상했다. 나는 말발도 안 통하는 건가.

가끔 고장 난 스탠드처럼 깜빡깜빡 떠오르는 이 기억이 어찌나 후끈한지, 아직도 민망할 때가 있다. 노잼도 노잼이지만 내 사연이 뽑히지 않은 결정적 이유는 작가 언니 말대로 '왜'가 빠진 탓이 크다.

만약 지금 '엄마 립스틱 분실 사건'을 글로 옮긴다면 두 가지 질문부터 해볼 테다.

① 엄마는 왜 립스틱 도둑이 나라고 생각했을까?(사건의 원인)

② 나는 왜 립스틱을 찾고 당황하는 엄마를 보고 웃었을까?(행동의 이유)

질문 ①의 답은 '나는 엄마 화장품을 몰래 바르다가 걸린 적이 많았고. 특히 붉은 립스틱을 좋아했다'이다. 엄마가 다짜고짜 나부터 의심하고 크게 혼냈던 사건의 원인이다. 질문 ②의 답은 '늘 잘 알아보지 않고 함부로 사람을 의심하면 안 된다고 당부하던 엄마가 실수했기 때문'이었다. 그러니까 '어른도 실수할 수 있다는 사실'이 통쾌했던 거다.

원인에 대해 자꾸만 질문하다 보면 이야기가 마트료시카 인형과 비슷하단 걸 알게 된다. 인형을 열면 작은 인형이 나오고. 그 작은 인형을 열면 더 작은 인형이 계속 나오는 것처럼,

'왜?'라고 묻다 보면
자꾸만 새로운 이야기가 튀어나올 것이다.

이별이란 혼자 엽떡을 먹을 수 없는 것일 뿐

 잘 읽히는 글의 특징

"'응'이라고 했어."

"응?"

네 번째 연애가 끝났다는 친구가 보조개 미소를 지어 보였다. 덕분에 놀란 나만 오두방정 떠는 모양새가 됐다. 내 두 눈과 귀는 선명하게 기억한다. 일주일 전 남자친구가 사랑스러워 눈물이 날 지경이라던 그녀의 낯 뜨거웠던 눈빛을 말이다. 그 랬던 그녀가 '우리 그냥 헤어지자'라는 애인의 갑작스런 문자 메시지에 바로 '응'이라고 써서 보냈다니. 그것도 어젯밤에 말 이다.

사랑할 때 눈물이 날 지경이었으면 헤어질 때는 오열해야 하 는 게 아닌가 싶었지만, 그녀의 무덤덤함이 어렴풋이 이해됐다.

연애는 유별난 성질을 지녔다. 굳이 따지면 물과 비슷하달까. 더는 올라갈 수 없는 온도까지 치솟아 뜨겁게 끓다가도, 공기와 만나면 돌연 차갑게 식어서 뿌옇게 흩어지는 게 사랑의 시작과 끝을 보는 것만 같다. 뜨겁다가, 차갑다가, 얼었다가, 증발해버리는 마음. 맥락 없이 변하는 마음 때문에 연애는 해도 해도 너무 어려웠다.

사랑은 판타지고 현실은 다큐멘터리다. 판타지가 끝나도 현실은 계속된다. 이별했다고 내일을 미룰 수는 없다. 헤어졌지만 출근해야 한다. 종일 울고 싶지만 끝내야 할 업무가 있다. 전 연인을 찾아가 바짓가랑이라도 붙들고 싶지만 당장 월급이 필요하다. 어떻게 그럴 수가 있냐며 조목조목 따지고 싶지만 매달 나를 다그치는 카드값과 적금부터 해결해야 한다.

그녀가 돌연 헤어지자는 애인에게 망설임 없이 '응'이라고 대답했던 건 이별을 당하는 순간에 자존심을 잃지 않기 위해서라기보다는, 자신이 아니면 누구도 책임져주지 않을 내일을 위해서였는지도 모른다.

그래도 나는 걱정됐다. 뜨거웠던 1년의 연애가 1초 만에 정리됐다는 그녀는 정말 괜찮을 걸까. 묻고 싶었지만 묻지 못했다.

여유롭게 보조개 미소를 지어 보이던 그녀가 이별에 대한 솔직한 심정을 드러낸 건 떡볶이, 그중에서도 '엽떡(엽기떡볶이)' 때문이었다. 어느 늦은 밤, 내게 전화한 그녀는 짜증을 부렸다.

"그놈 때문에 내가 엽떡을 못 먹는다. 엽떡을."

나는 '그놈'의 정체를 눈치채지 못하고 되물었다. 취한 것인지 추운 것인지 친구의 목소리는 바들바들 떨렸다.

"그놈? 누구?"

"누구긴, 메신저로 헤어지자고 한 그놈. 그 새끼랑 만날 때는 고민 없이 엽떡을 주문했는데, 혼자 먹으려니까 양이 많아서 못 시키겠더라고. 참다 참다 어쩔 수 없이 이 추운 날 맨발로 슬리퍼 끌고 혼자 나왔다. 떡볶이 1인분 사러. 근데 걷다 보니까 발이 엄청 시린 거야. 내려다보니까 발이 빨개. 떡볶이 사기 전에 내 발이 먼저 떡볶이가 되겠더라고. 오늘따라 1인분도, 혼자도, 억울해서 미치겠어."

"왜?"

"그깟 엽떡을 못 먹어서 이별을 실감하는 내가 없어 보이잖아.

아! 열 받아. 나 좋다고 난리 칠 때는 언제고 하루아침에 헤어 지자는 게 말이 되냐? 떡볶이에 쌈 싸 먹을 놈!"

그녀는 사랑할 때 '오빠'라고 부르던 그를 '그놈'에 이어 '새 끼', '떡볶이에 쌈 사 먹을 놈'이라 불렀다. 그러더니 떡볶이 가 게에 도착해서는 "제일 매운맛으로 1인분 주세요"라며 씩씩 하게 주문했다.

-

네 번째 이별로 친구가 가장 속상했던 건 한동안 엽떡을 먹을 수 없게 된 일이다. 사실 그녀는 강렬한 맵기로 유명한 이 떡 볶이를 혼자서도 일주일에 두세 번은 시켜먹는 '엽떡 중독자' 였다. 그랬던 그녀가 하루아침에 엽떡을 끊었다가, 겨울밤에 뛰쳐나가서 다른 브랜드 매운 떡볶이를 사 먹다니. 생각보다 훨씬 괴롭고 힘든 마음이었을 것이다.

연애가 절대 쉬워질 수 없는 까닭은 이별 탓이다. 반복되는 헤 어짐에 아무렇지 않은 척을 할 수는 있지만, 깨지고 부서진 마 음이 증발하길 기다리는 일에는 시간이 꽤 필요하다.

앞선 글에서 이별한 그녀와 엽떡을 먹었다. '떡볶이에 쌈 싸 먹을 놈'과 헤어지고 세 번의 계절이 바뀐 뒤였다. 이제 다시 혼자서도 엽떡을 주문할 수 있게 됐다는 그녀는 전투적으로 떡볶이를 공격했고, 마지막에는 젓가락에 비엔나소시지와 떡을 끼워 소떡소떡까지 만들어 입에 넣었다. 그리고 '맛있다'는 감탄사 대신 이런 소릴 했다.

"그 새끼는 진짜 떡볶이에 쌈 싸먹을 놈이었어."

나는 피식 웃음이 나왔다. 평소 발음이 좋지 않던 그녀가 언제부턴가 '놈'과 '새끼'란 단어만큼은 깔끔하고 찰지게 내뱉었다. 허무하게 끝난 연애가 발음을 교정해주다니. 연애는 허무할지언정 이별은 득이 되지 않았냐고 물었다.

"무슨 헛소리야. 요즘 책 읽어서 그런 거거든?"

몰라봤다. 미안하다. 겸연쩍어 사과하려는데 친구는 대뜸 화제를 돌린다.

"근데 책을 소리 내서 읽어보니까 알겠더라. 좋은 글은 처음 읽어도 막힘없이 읽혀."

언젠가 내가 쓴 글을 소리 내 읽던 그녀가 떠올랐다. 아, 그래서 예전에 내 글을 읽을 때는 더듬거렸구나. 발음 탓이 아니었구나.

맞다. 잘 쓴 글을 잘 읽힌다. **소리 내 읽었을 때 잘 읽히는 글은 눈으로 읽기에도 좋은 글이다.** 글은 무조건 구어체로 써야 한다고 주장하는 사람도 있을 정도다.

나는 초고가 완성되면 퇴고하기 전에 소리 내 읽어본다. 직장에서 연설문과 행사장 대본을 작성하면서 생긴 습관이다. 이제는 모든 글쓰기에 적용하고 있다.

그렇다면, 읽을 때는 물론 귀로 듣기에도 좋은 글에는 어떤 특징이 있을까.

◆ 읽기 좋고, 듣기도 편한 글을 쓰는 법

1 >> 쉬운 단어 위주로 사용한다

몇 번이나 강조하지만 글 속에 어려운 단어는 최대한 줄이자. '잘 쓰는 사람'은 어려운 단어를 남발하는 대신 누구나 이해하기 쉽게 써서 한 명이라도 더 많은 사람이 자기 글을 읽도록 만든다.

2 >> 문장은 되도록 짧게 쓴다

문장이 길고 장황하면 쓰는 사람 생각도 엉키고, 읽는 사람 머릿속도 어지럽다. 무조건 짧은 문장이 옳은 건 아니다. 그러나 '빨리빨리'를 외쳐대는 한국인 특성과 변화된 읽기 환경을 고려해야 한다. 짧고 간결하게 쓰는 연습이 아직은 글쓰기 기본이다.

전체 분량도 길지 않은 게 좋다. 책《150년 하버드 글쓰기 비법》에 따르면 에세이는 3분 안에 읽히는 1,500자 분량이 적당하다. 물론 요즘에는 3분도 집중하기 힘들다며 더 짧은 글을 선호하는 사람도 많아지는 추세이다.

3 >> 뉘앙스가 아닌 메시지를 담는다

단어가 쉽고, 문장이 간결하고, 분량도 가벼운데 다 읽고 나면 아리송해지는 글이 있다. 이런 글을 대부분 작가 자신도 어떤 이야기를 할지 결정하지 못하고 쓴 글이다. 주제가 분명하지 않은 글이다.

잠시 직장에서 경험한 비효율적인 회의를 떠올려보자. 회의는 의견을 주고받으며 대안을 찾는 시간이다. 한데 문제만 지적하고 타박하다가 끝나는 회의가 허다하다. 이런 회의에 참석하고 나면 기분이 나빠진다. 잘못을 지적받아서이기도 하지만, 쓸데없는 시간 낭비로 업무가 지체된 느낌을 받기 때문이다.

글도 마찬가지다. 다 읽었는데 메시지가 없으면 읽은 사람은 허무해진다. 그래서 우리에게는 몇 가지 고전적인 글쓰기 구성 방법이 존재한다.

① '기승전결' 형식으로 구성하기
② '의견 제시 → 이유와 사례 → 의견 강조' 형식으로 구성하기

독자의 시간을 뺏는 글이 되지 않으려면 '맥락과 메시지가 분명한 글'을 써야 한다. 자신이 쓴 글을 다시 읽어봤는데 주제

가 잘 보이지 않는다면, 위와 같은 형태로 구성을 바꿔보는 것도 좋은 방법이다.

이 외에도 잘 읽히는 글에는 쉼표를 적절히 사용한다든가 중복되는 말과 단어가 없도록 신경을 썼다거나 문체와 말투의 리듬이 잘 어울리도록 썼다는 특징이 있다.

글의 최종 목표는 글쓴이 내면에 있는 감정과 생각을 독자 내면과 교감하도록 만드는 것이다.

좋은 글은
눈에 잘 들어오고
입에 잘 붙고
마음에 잘 닿아야 한다.

쨉실하게 일할래요

묘사가 필요한 순간

모든 콘텐츠가 초기에 결재받은 기획안대로 제작되지 않았다. 사공이 많은 회사다. 마감 하루 전에, 아니 2시간 전, 1시간 전, 심할 때는 30분 전에도 수정을 요청하는 이들이 넘쳐났다.

이런 환경에서 근무하다 보면 본능적으로 쨉실해진다. 비겁하다, 치사하다 정도의 뜻으로 쓰이는 단어인데, 이만큼 어울리는 단어가 없다.

일단 아이디어에 힘을 쏟지 않는다. 대안을 제시하기보다 현 상황의 문제를 지적하기 위해 모인 회의에서는 더더욱 그렇다. 차라리 그들의 의견을 짜깁기하여 아이디어를 구체화하는 편이 낫다.

제작 기간은 클라이언트가 요구한 날짜에서 최소 이틀은 늘린다. 일정이 빠듯한 일감은 혹시나 일찍 끝내더라도 아슬아슬한 시간에 전달한다.

'회피형 담당자'와 일할 때는 메일로 소통한다. 보내는 메일마다 담당자의 상사를 참조에 넣어서 말이다. 전화로 일을 미뤄보려 해도 어림없다. '○○○ 대리님이 방금 전화로 요청하신 내용을 다시 정리하면'이란 문장으로 시작되는 메일을 보낼 테니까.

그런 내가 확정되지 않은 프로젝트 기획안을 위해 야근을 자처한 적이 있었다. 그게 다,

"이번 프로젝트는 우리보다 하루 씨 실력을 인정받을 기회라고 생각해요."

라고 말한 마케팅부 김 과장 때문이다. 쩔실해지려 노력해도 인정받고 싶은 욕구는 어쩔 수 없었다.

-

"저, 저, 저, 저기요. 지금 뭐하시는 건가요?"

기획안을 보낸 다음 날 김 과장과 미팅을 하기 위해 본사에 갔다가 믿지 못할 광경을 보게 됐다. 약속 시각보다 일찍 도착해 사무실을 두리번거리다가 우연히 성진 씨의 모니터를 보게 된 것이다. 그의 모니터 화면에는 지난밤 내가 보낸 기획안이 시험지를 채점하듯 빨간 글씨로 덕지덕지 수정되어 있었다. 최대한 침착하게 그에게 물었다. 지금 뭘 하는 거냐고.

"김 과장님이 주신 기획안인데요. 좀 더 센스 있게 수정해달라고 하시더라고요."

성진 씨 눈이 빛나고 있었다. 최선을 다해 수정하고 있는 기획안 작성자가 누군지 모르는 눈치였다. 나는 그 앞에서 '네가 빨갛게 물들이고 있는 기획안이 내꺼야'라는 말을 하지 못했다. 그도 나와 같은 파견직이었다. '실력'과 '인정' 따위의 단어로 버무린 김 과장의 얘기에 현혹된 사람은 나뿐이 아닌 듯했다.

–

미팅에 들어갔다. 김 과장은 다정한 말투로 내게 인사를 건넸

으나, 곧 '그런데 말입니다'라는 말로 운을 띄우며 내 기획안
이 엉망진창이라고 할 것 같았다.

"고생하셨어요. 기대 이상으로 잘 뽑아주셨더라고요. 하루 씨,
역시 실력이 있으시네요."

그런데 이렇게 말하는 게 아닌가. 믿을 수 없었다. 분명 내 기
획안은 사무실 구석에서 빨갛게 난도질되고 있었다. 내 두 눈
으로 확인하지 않았던가. 김 과장은 칭찬만 할 뿐, 수정사항도
주지 않았다. 납득되지 않는 상황이다. 기어코 물어야 했다.

"근데요. 그렇게 마음에 든 기획안을 왜 다른 분이 수정하고
있죠?"
"네? 저, 그, 그게요. 이게 굉장히 중요한 프로젝트잖아요. 그
래서 다양한 분들의 의견을 모으면 좋을 것 같아서요."
"제가 많이 부족하죠? 성진 님이 잘하는 분이니까, 그분이 피
드백 주신 내용이 있으면 알려주세요. 참고해서 수정할게요."

내 물음에 김 과장 동공이 커졌다. 입도 살짝 벌어졌다. 그 상
태로 몇 초간 정지됐다. 그가 겨우 정신을 붙들고 한 말을, 나

는 입꼬리를 올리며 받아쳤다. 비꼬는 말이 아니었다. 진심이었다. 그는 더 나은 결과물을 뽑고 싶었고, 나는 인정받고 싶었다. 오가는 욕심 속에 뒤통수치는 일쯤이야. 이것도 경험이다. 더욱 쨉실해질 이유가 될 경험. 앞으로 김 과장과 일할 때는 그가 하는 말에 큰 의미를 두지 않기로 한다. 뒤끝 작렬이란 오해를 받더라도, 꼭 그래야 했다.

－

얼마 전 단편으로 구성된 〈블랙 미러〉란 드라마를 봤다. 이 작품은 기술이 발전된 미래 사회에서 일어날 수 있는 일을 보여준다. 그중 '추락' 편은 미래에는 'SNS 별점'으로 사람마다 등급이 정해지고, 그 등급에 따라 삶이 제한된다는 흥미로운 내용이다. 주인공은 아슬아슬한 등급 탓에 아파트 렌트비를 할인받을 수 없게 되자 전문가까지 동원해 '별점 늘리기'에 매달린다. 노력이 과했던 걸까. 지나친 가식과 친절은 별점과 등급을 오히려 떨어트렸다. 그뿐만이 아니다. 끝내 그녀는 유치장에 갇힌다.

극단적인 설정이지만 요즘 우리 모습과 참 많이 닮았다. 삶은

'초이스(선택)'의 연속인 것 같지만 그 안을 채우는 건 수많은 '컨펌(확정)'과 '컨택(접촉)'이다. 더군다나 '좋아요'가 돈이 되고 인기가 되는 세상은 컨펌과 컨택, 즉 '타인의 인정'에 더욱 굶주리게 만든다. 나를 찾는 과정조차 누군가의 '좋아요'를 받아야만 힘이 되는 아이러니한 세상. 가끔 헷갈린다. 나는 내가 선택한 삶을 사는 걸까.

타인에게 인정받는 삶은 선택권을 쥔 인생처럼 보인다. 인기로 인해 가진 게 많을수록 선택권을 쉽게 빼앗길 수 있는데도 말이다.

"저는… 그러니까… 작가인데요… 소설을 쓰는…."

내 말을 들은 보험회사 직원은 들고 있던 서류철에서 시선을 떼 힐끔 나를 한 번 내려다보았다. 글쎄, 잘 모르겠다… 소심한 내 성격 탓인지도 모르겠지만, 나는 그때 보험회사 직원의 한쪽 입꼬리가 살짝, 아주 살짝, 비스듬히 올라가는 것을 놓치지 않고 보았다. 그가 다시 아무렇지 않은 표정으로 서류철을 뒤적거렸다.

"작가라, 작가라… 작가들은 보통 교통사고도 잘 안 나던데… 운전하는 사람들도 별로 없어서… 여기 있네요. 작가. 작가는 일용 잡급에 해당하니까… 일당 만팔천 원이네요."

— 이기호, 《최미진은 어디로》 중

이기호 작가의 소설을 몰입해서 읽었다. 특히 사고 보험료를 정산하는 부분에서는 내가 병실 문 앞에 서 있는 듯한 착각마저 들었다. 보험사 직원이 '일용 잡급'을 운운할 땐 주먹까지 쥐어졌다. 작가의 심정이 글을 통해 일면식도 없는 내게 옮겨

지다니, 참으로 신기하다.

감정을 정확히 드러내는 문장이 없는데도 작가 기분은 선명하게 와닿는 글이 있다. 읽다 보면 상황이 그려지는 '그림 같은 글'이 그렇다.

글의 배경, 중요한 인물, 결정적 장면은 자세히 묘사할 것을 권한다. 처음부터 그림 같은 글을 써내기란 어렵다. 그러나 '자세히 묘사하는 글'을 많이 써보면 불가능한 일도 아니다. **하고 싶은 이야기가 있으나 글로 쓰는 게 막연한 순간이 있다면, 먼저 관련된 내용을 아주 상세하게 써볼 것을 권한다.** 최대한 많은 분량을 써보는 것이다.

- 사건이 일어난 날은 언제였고, 날씨와 주변 풍경은 어땠는지
- 누구와 함께였는지
- 무엇을 보고, 어떤 소리를 듣고, 무슨 냄새를 맡았는지
- 어떤 생각이 들었는지
- 주변 사람들은 어떤 반응이었고, 그 모습이 어떻게 보였는지
- 관련된 사회 이슈나 비슷한 과거 사건이 있었는지

앞 글에서 쪽팔림을 무릅쓰고 성진 씨가 빨갛게 난도질한 내

기획안을 묘사했다. 성진 씨가 나와 같은 파견직이란 사실을 덧붙였다. 김 과장의 표정과 말도 글로 옮겼다. 모두 '잘 그려지게 쓰기' 위해서였다. 실제로 보고 듣고 느낀 것을 쓰는 연습이 중요하다. 그중에서도 느낀 것은 나를 표현하는 문장이 되기 때문에 특히 어렵다. 일단 있는 그대로의 내 모습을 인정하는 과정이 필요하다.

예를 들어 내가 나를 묘사하는 글을 쓰게 된다면 세 가지는 인정하고 시작하려 한다. 나는 키가 작고, 통통하고, 까맣다. 하지만 내 느낌대로라면 못생기진 않았다.

묘사가 잘 된 글이 사건과 관련된 모든 것을 쓴 글이라는 뜻은 아니다. 자세히 기록하는 과정에서 내가 하려는 이야기가 무엇인지 정확히 찾아내란 뜻이다. 처음에는 무엇이 이 글에서 가장 중요한지 구별하기 어렵다. 때문에 관련된 내용은 모두 써보는 것이다.

다 쓴 후에는 강조할 부분, 줄여도 되는 부분, 삭제해도 무관한 부분, 다른 이야기로 빼는 게 더 나은 부분으로 구분한다. 그렇게 **정리한 내용을 바탕으로 요약하고, 수정하고, 덧붙이는 순서로 글을 쓰면 한결 쉽게 느껴진다.**

◆ 글맛을 살리는 묘사의 예시

① 집 안은 조용했다.

→ 똑똑. 집 안은 수도꼭지에서 간헐적으로 떨어지는 물방울 소리만 들
   릴 뿐이었다.

② 올여름은 유난히 덥다.

→ 일주일 내내 폭염 재난경보 메시지가 왔다. 이런 여름은 처음이다.

③ 그의 첫인상은 무서웠다.

→ 만약 그를 어둡고 한적한 골목길에서 만났더라면 단단히 오해했을지
   도 모른다.

사실과 느낌을 덧붙여보자. **진부한 표현보다 상세한 묘사가
나을 때가 있다. 묘사는 독자 머릿속에 그림을 그려줘 공감하
게 만들기도 하니까.**

그녀의 상태글

└ 다른 사람과 함께 쓰면 좋은 이유

퇴근 후 선미 씨를 만났다. 오랜만에 본 선미 씨는 얼굴이 핼쑥하고 입술은 파랗게 질려 있었다. 둘러보니 그녀 뒤에 있는 에어컨 온도가 18도로 설정되어 있다. 초가을이었다. 가벼운 옷차림으로 이곳에서 세 시간이나 있었다는 게 믿기지 않았다. 나는 진심으로 그녀의 안부가 궁금해졌다.

"진짜 잘 지내는 거죠?"
"네. 잘 지내요. 어쩔 수 없이 회사를 관두긴 했지만요."

무턱대고 퇴사할 사람이 아니었다. 궁금했다. 대체 어쩔 수 없는 사정이란 무엇일까.

선미 씨의 '어쩔 수 없는 사정'은 이랬다.

2년 전쯤 그녀는 어느 대기업에 계약직으로 입사했다. 당시 회사는 중요한 사업을 진행하기 위해 프로젝트팀을 꾸렸다. 그때 팀에 '문서 수발'을 위한 세 명의 직원을 뽑았다. 그녀는 그중 한 사람이었다.

"복도 쪽에 세 개의 책상이 배치됐죠. 지나가다 힐끔 쳐다만 봐도 모니터가 훤히 보이는 그런 자리요. 그런데요. 시선 따위는 느낄 수가 없었어요. 엄청 바빴거든요."

업무는 어렵진 않았지만, 강도가 높은 편이었다. 정규직 직원이 회의에서 결정된 사업 내용을 전달하면 세 사람이 자료를 모아 기획안을 만들고, 외주 업체로부터 견적서를 받아 예산을 정리하고, 행사에 필요한 장소와 사람을 섭외하고, 홍보자료를 만들고, 행사 가장 마지막까지 남아서 뒷정리를 했다. 그렇게 회사 돌아오면 자리에는 정리해야 할 영수증이 수북했다. 이 외에도 잡일은 끝이 없었다.

"말 그대로 수발이었죠. 문서부터 시작해서 모든 일에."

그렇게 일 년이 되었을 때, 함께 일했던 동료 두 명이 관뒀다. 선미 씨는 혼자 세 사람 몫을 해내야 했다. 사람이 몇인데 혼자 수발을 들란 말인가. 이건 아니다 싶었다. 퇴사를 결심할 때쯤 상사가 그녀를 따로 불러냈다.

"사실 나도 예전에 계약직이었어. 몰랐지?"

그도 시작은 계약직이었단다. 시키지 않은 일까지 직접 찾아내 최선을 다했더니 정규직 전환이 됐단다. 선미 씨는 놀라지 않았다. 입사할 때부터 들었던 얘기였으니까.

"선미 씨, 지금이 기회일 수도 있어요. 생각해봐요. 만약 이 팀에 정규직 직원을 충원한다 하면 새로운 사람보다 손발이 맞춰왔던 사람이 더 유리하지 않겠어요?"

그녀는 일단 계속 다녀보기로 했다. 없던 열정이 갑자기 끓어오른 건 아니었다. 그저 마음 한구석에 옅은 희망이 꿈틀거렸다. 혹시 알아? 나도 그처럼 될지.

–

그녀는 두 달 넘게 세 사람 역할을 해냈다. 힘들 때마다 상사가 사주는 밥, 커피, 과자와 응원으로 버텼다. 그는 잘하고 있다며, 부장도 네가 고생하는 걸 알고 기특해한다고 귀띔해줬다. 선미 씨는 자신에게 이렇게 초인적인 힘이 있는 줄은 몰랐다. 이제 팀에 내가 없으면 큰일이 나는 게 아닌가 싶었지만, 곧 이 모든 게 자신만의 착각이란 걸 알게 됐다. 어느 날 복도에서 마주친 부장이 한 말 때문이었다.

"요즘 우리 직원들이 고생이 많아요. 선미 씨가 보조 좀 잘 해주세요."

잠시 잊었다. 자신의 역할이 수발이란 사실을.
그녀는 월급을 계산해봤다. 정규직과 비교했을 때 시간당 얼마를 받는 걸까. 따져보니 울화가 치밀었다. 세 사람 몫을 해내고도 같은 회사 신입사원 연봉 발끝도 따라가지 못하는 금액이었다. 저렴한 금액으로도 알차게 부려먹을 수 있는 노동력이 있다는 걸 증명해낸 셈이었다. 하필이면 자신이.

얼마 후 인력이 충원됐다. 인수인계로 바빴고, 그 후에는 새로운 업무가 추가되면서 정신이 없었다. 그렇게 몇 달이 흐르자 한 명이 관뒀다. 일 처리가 빠르다는 이유로 두 사람 몫을 해냈던 그녀에게 다시 세 사람 몫이 맡겨졌다. 역시 퇴사만이 답이었다. 그런데 이번에는 남은 한 명, 함께 일하는 워킹맘의 푸념이 신경 쓰였다.

"실은 나 외벌이야. 남편이 몇 달 전에 회사를 관뒀거든."

선미 씨는 퇴사를 보류했다. 매일 어린이집을 찍고 아슬아슬하게 출근하는 워킹맘의 창백한 얼굴을 외면할 수 없었다. 도대체 백수인 남편은 뭘 하고 매일 아침 저 여자 혼자 전쟁일까? 궁금했지만 묻지 않았다.

—

누구라도 오면 관두자. 선미 씨는 새로운 사람이 오는 날을 퇴사일로 정했다. 다시 한 달을 기다렸다. 인원이 충원될 기미가 보이지 않았다. 업무는 늘고 사람은 부족한 탓에 야근이 잦았다. 열정이고 나발이고 상사에게 인원 충원을 재촉했다. 그러자 그녀의 인내심을 바닥나게 하는 답변이 돌아왔다.

"요즘 우리 부서 분위기가 안 좋아요. 노력은 하고 있는데 인력 충원이 빠르게 진행되지 않네요. 몇 달만 좀 버텨줘요. 이제까지 잘 해왔잖아요."

"저, 계약 기간 5개월밖에 안 남았어요. 그런데 몇 달을 기다리라는 거죠? 그럼 그 사람 들어오면 저는 인수인계해주고, 남은 두 사람이 저 많은 업무를 해야 하는 건가요? 진짜 너무하네요. 전 그냥 퇴사할게요."

속전속결이었다. 상사와 면담을 마치고 나온 그녀는 혼자 남은 업무를 감당하게 될 워킹맘에게 퇴사 소식을 알렸다. 미안하단 말과 함께. 그러자 워킹맘은 담담한 얼굴로 이렇게 속삭였다.

"그동안 고생했어요. 근데 퇴직금은 나오는 거죠? 그 돈 받으면 좀 쉬어요. 여행도 가고요. 그리고 저희 남편도 곧 취직될 것 같아요. 그럼 저도 바로 때려치우고 이직하려고요."

선미 씨는 퇴사하는 날까지 야근을 해야 했다. 짐을 챙겨 마지막 퇴근하려 했을 때는 날이 어두워져 있었다. '고생 많았다'는 말이라도 해줄 줄 알았던 사람들은 모두 퇴근한 뒤였다. 역시 그랬다. 백날 수발들어줘 봐야 다 소용없었다.

—

"잘 지내는 척을 했던 것 같아요. 억지로 말이죠."

헤어질 때쯤 그녀는 말했다. 그리고는 한 달간 태국에서 살아 볼 작정이라고도 했다. 얼마 후 선미 씨 메신저 사진이 바뀌었다. 태국에 머무는 그녀는 환하게 웃고 있었다. 이런 상태 메시지와 함께.

- 전 잘 지내요. 이번에는 진짜로요.

사람이 필요한 순간이 있다. 퇴사한 선미 씨가 내게 속상한 일을 털어놨던 것처럼. 글에 관한 이야기와 고민을 나눌 수 있는 동지가 있다면 큰 도움이 된다.

나의 경우, 글쓰기 친구를 만드는 일이 쉽지 않았다. 주변에 비슷한 일을 하는 동료도 있고 대학에서 함께 문학을 전공한 친구도 있다. 글을 써보기로 처음 마음먹었을 때 가까운 동네에 사는 선배와 의기투합했었다. 아무 글이라도 상관없으니, 일주일에 한 번씩 일단 써서 서로에게 보여주고 의견을 나누기로 했다.

결과는 어땠을까. 운전은 가족이나 연인에게 배우면 안 된다고 했던가. 글도 그랬다. 긴장감이 없어서인지 일정을 미룬다거나, 만나서 종일 수다만 떨다 끝나는 일이 부지기수였다. 얼마 지나지 않아 우리의 글쓰기 소모임은 조용히 사라졌다. 카페 투어가 다시 시작됐다.

'글쓰기 강좌'도 수강해봤다. 어떤 글이라도 강제로 쓰면 어떨까 싶었다. 내가 등록한 수업은 '시나리오 기초반'이었는데, 주말 오전에 하는 수업이었고 수강생은 나를 포함해 딱 네 명이었다. 대부분 직장인이었으며 다들 말수가 적고 조용했으므로, 한 달 반 수업이 끝나갈 무렵에야 가까워진 우리는 종종 만나 글쓰기 모임을 하기로 했다.

그 후 우리는 모임을 통해 가끔 서로의 글을 읽고 감상평을 남겼다. 그러나 다들 글을 쓰고자 하는 목표와 장르가 달랐다. 누군가는 퇴사 후 영화감독이 되기 위해, 누군가는 영화평론에 집중하기 위해, 또 다른 누군가는 회사 일에 필요해서, 그리고 나는 취미로 아무 장르나 써댔다. 모임은 점점 흐지부지됐다.

마지막 선택은 동네 스터디였다. 글쓰기 관련 카페에 가입한 후 부담 없이 참여할 수 있는 동네 글쓰기 모임을 찾아봤다. 나는 집과 회사에서 30분 안에 오갈 수 있는 장소에서 진행하는 모임에 자기소개서를 보냈다. 지금 이 대목에서 무슨 자기소개서까지 보내냐는 사람도 있을 것이다. 하지만 스터디는 비슷한 목표를 지닌 사람들이 모여야만 꾸준히 이어갈 수 있다. 내가 자기소개서에 썼던 내용은 성별, 연령대, 사는 곳, 참여 가능한 시간, 관심 있는 장르, 개인적인 목표 등이었다.

이렇게 한 달에 두 번 모이는 글쓰기 스터디에 참여하게 됐다. 이사하기 전까지 2년 정도 모임에 나갔다. 솔직히 모든 게 좋았다고는 못하겠다. 간혹 나와 맞지 않은 사람으로 인해 상처를 받기도 했고, 속내를 털어놓지 못하는 성향 탓에 오해가 생기기도 했다. 사람이 모이면 결국 사람 문제가 생기더라. 그러나 결론적으로는 도움을 받았다.

내가 경험한 글쓰기 모임의 장점을 세 가지로 정리하면 다음과 같다.

◆ 함께 글을 쓸 때의 장점

1 >> 정보력이 강화된다

목적이 있는 모임에 참여하게 됐을 때 가장 좋은 점은 풍성한 정보를 얻을 수 있단 것이다. 글쓰기 모임도 그랬다. 문장력을 키우고 싶을 때 참고할 만한 강좌와 책이라든가 최근 주목받는 작가, 장르에 따라 글을 올리기 좋을 플랫폼, 나아가 각 플랫폼의 장단점과 공모전 분석까지. 서로가 알고 있는 정보를 주고받았다. 한 가지 주의할 점은 기브앤드테이크(give and take)가 확실해야 한다는 점이다. 일방적으로 도움만 받으려고 하면 반드시 문제가 생긴다.

2 >> 규칙적으로 쓰게 된다

모임을 지속하기 위해서는 정해진 규칙을 잘 지켜야 한다. 내가 참여했던 모임은 어떻게든 한 달에 한 편 정도는 글을 써서 내야 했다. 덕분에 마감이 생겼다. 직장인이다 보니 마감을 지키지 못할 때도 있었는데, 그때마다 다른 사람들에게 피해를 준 것 같아 마음이 좋지 않았다. 타인에게 글을 보여준다는 것은 용기가 필요한 일이다. 모임이 계속 되기 위해서는 주기적으로 이런 용기를 내야 했다.

3 >> 자신감이 생긴다

모임에 따라 성격이 다르다. 날이 선 비판과 지적으로 서로의 글에 도움을 주려는 모임이 있고, 서로의 장점을 찾아주고 응원하는 모임도 있다. 나의 첫 글쓰기 스터디는 후자에 가까웠다. 나는 이 점이 좋았다. 문학을 전공했고, 글쓰기로 먹고살지만, 정작 쓰는 것은 두려웠다. 솔직히 말해서 쓰는 사람으로서 자존감이 참 낮았다. 이런 내게 글쓰기 모임에서 들었던 칭찬과 격려는 큰 힘이 됐다.

바뀌면 보이는 것들

"회사에서는 제가 직장생활 이야기를 에세이로 쓰는 줄 모르거든요. 얼굴은 안 나왔으면 좋겠어요."

무명작가가 당당히 얼굴 공개를 거부하다니. 웃겼다. 그러나 소리 내 웃을 수는 없었다. 그 무명작가가 나였으니까.

—

한 언론사로부터 인터뷰 요청을 받았다. 기사 주제는 '엄지 작가'. 휴대전화로 글을 쓰는 작가에 관한 이야기였다. 이를 위해 기자님은 세 명의 작가를 찾아냈고 그중 한 사람이 나였다. 사실 한 번도 휴대전화로 글 쓰는 게 특별하다고 생각한 적은 없다. 그저 자연스럽고 당연한 일이었다. 그런데 글쓰기 플랫폼에 '게으른 자의 글쓰기 패턴'이란 글을 발행하고부터 '어떻게 휴대전화로 글을 쓰냐'는 질문을 받게 됐다. 의아했지만 덕분에 쟁쟁한 작가님들과 인터뷰 기사에 소개될 기회가 생겼다.

인터뷰는 점심시간에 진행됐다. 회사에는 병원에 간다고 둘러댔다. 약속 장소는 회사에서 한 정거장 거리에 있는 카페로 정했다. 나름 알리바이를 만든 셈이다. 그리고 그 알리바이에 무너진 건 나였다. 날씨가 어찌나 더운지, 카페로 걸어가는 동안 땀과 함께 녹아내린 파운데이션 덕분에 얼굴은 찰흙 인형이 되어 있었다.

"작가님, 우선 촬영부터 하고 인터뷰 진행할게요."

나오지 않을 얼굴을 에어컨 바람에 정성스럽게 말린 후 카메라 앞에 섰다.

"뭐야? 누구야?"
"몰라. 그냥 촬영하나 봐."

찰칵찰칵. 셔터가 터지자 촬영하는 옆 테이블에 앉아 있던 손님들이 속닥거렸다. 그런 목소리는 왜 그리도 선명하게 들리는지. 누가 봐도 '그냥' 하는 촬영이었고, 나는 포즈를 바꿀 때마다 얼굴이 화끈거렸다.

그동안 카메라 뒤에만 서 있었지, 카메라 앞에 서본 적은 없었다. 정확히는 인터뷰어(인터뷰 하는 사람)만 해봤지, 인터뷰이(인터뷰에 응하는 사람)가 된 적은 없었다. 매번 사진과 촬영을 부끄러워하는 사람들에게,

"조금만 더요."

라는 말로 시작해 이것저것 요구했던 내 과거가 떠올랐다.

–   ·

허겁지겁 촬영을 끝내고 인터뷰를 진행했다.

아.무.말.대.잔.치.
그랬다. 진짜 아무 말 대잔치였다. 우와. 긴장하면 이렇구나.
인터뷰 진행 경험이 적지 않으니 잘 해낼 줄 알았다. 그런데

말하다가 질문을 까먹는다거나 농담하려다가 쓸데없는 얘기로 빠진다거나 과한 반응으로 어색한 분위기를 만들었다. 기사에 얼굴이 나오지 않게 해달라고 부탁했던 건 익명 보장 때문이었다. 다시 한번 잘한 일이구나 싶었다. 이렇게 떠들고 좋은 기사가 나올까. 걱정스러웠다. 그런데도 멈출 수가 없더라.

"기자님. 아직 점심 전이시죠? 이 근처에 맛있는 수제빗집 있거든요. 특별히 생각나는 메뉴가 없으면 드시고 가세요."
"작가님은요? 식사하셔야죠."
"괜찮아요. 전 이제 사무실에 들어가 봐야 해서요."

마지막은 오지랖으로 장식했다. 나 때문에 먼 곳까지 오신 기자님들께 지극히 개인적인 맛집을 추천했다.

인터뷰를 끝내고 사무실로 돌아왔다. 왜 그리 땀을 많이 흘리냐, 진짜 많이 아픈 거 아니냐는 동료 말에 미소를 지었다. 더워도 너무 더웠다. 에어컨 앞에서 벌컥벌컥 물을 들이켜다가 컥, 갑자기 기자님께 추천한 수제빗집의 치명적인 단점이 떠올랐다. 종일 육수를 끓이는 작은 가게. 그곳에서 에어컨과 선풍기는 무용지물이다. 나도 지난해 초여름에 갔다가 불가마

사우나에 다녀온 듯, 1리터의 땀을 흘리고 나오지 않았던가. 당황하며 휴대전화를 꺼내 드는데 문자메시지가 왔다.

- 시간 내주셔서 감사해요. 수제비도 잘 먹었습니다.

기자님이었다. 덥지 않으셨어요? 괜찮으세요? 가게 에어컨은 신형이던가요? 진짜 잘 드신 거죠? 그 집 메뉴에 냉수제비가 추가되진 않았나요? 머릿속에 오만가지 말이 떠올랐지만, 차마 답장을 쓰지 못했다.

–

그로부터 일주일 후. 기사가 실린 잡지가 집으로 도착했다. 설레는 마음으로 잡지를 펼쳤다. 종이 한 장이 떨어졌다. 편지였다. 나 때문에 찜통 같은 가게에서 수제비를 먹은 기자님은 너그러웠다. 내게 자필로 편지까지 써주다니, 편지를 받는 건 오랜만이었다. 사각사각, 누군가 내게 연필로 말을 걸어주는 일은 흔하지 않았으니까.

문득 헤어질 때 마지막으로 나눴던 대화가 떠올랐다.

"참, 작가님. 몇 년생이세요?"

"저요? 저 84년생이요."

"정말요? 저도요."

우린 동갑내기였다. 아마도 비슷한 시기에 사회생활을 시작해 닮은 일을 하며 지금에 이르렀을 터였다. 그런데 달랐다. 자리를 바꿔보니 느껴졌다. 사람을 만나고, 사람 이야기를 쓰지만, 정작 사람과 사람 사이에 오가는 감정에는 무뎠다. 좋은 이야기는 그럴듯한 기획, 적절한 질문, 딱 떨어지는 문장만 있으면 완성되는 줄 알았다. 상대를 파고드는 힘보다 상대에게 스며드는 여유를 가질 때, 훨씬 좋은 이야기를 만날 수 있다는 것을 몰랐다.

인터뷰를 통해 알게 된 사실이 하나 더 있다. 사진은 진실하단 거다. 머리카락을 커튼 삼아 얼굴을 가렸다. 펑퍼짐한 옷으로 몸매를 감췄다. 근데도 사진 속 여자는 누가 봐도 나였다.

바뀌면 보이는 것, 알게 되는 것이 이렇게나 많다.

책을 출간하게 된 것도, 기자님과 인터뷰하게 된 것도, '브런치'라는 글쓰기 플랫폼 덕분이었다. 처음에는 에세이를 블로그에 올렸다. 그랬더니 가끔 댓글이 달렸다. 광고 댓글.

글을 쓰기로 작정한 사람과 읽는 재미를 아는 사람이 모인 공간이 절실했다. 그게 바로 브런치였다. 이 플랫폼은 앞서 언급한 글쓰기 스터디와 마찬가지로 내가 꾸준히 글을 쓸 수 있게 해줬고, 나아가 이 책까지 쓰게 됐다.

처음에는 그저 누군가 내 글을 읽어줬으면, 제발 광고 댓글 좀 달리지 않았으면, 이런 마음으로 글을 올렸다. 그런데 3년 후의 나는 한 권의 책을 출간하고 두 권의 책을 집필 중이다. 단언컨대 꿈꾸거나 계획했던 바가 아니다. 글을 공유하다 보니 생긴 일이다.

우린 '공유 시대'에 살고 있다. 연예인, 정치가, 스포츠 스타 등. 스포트라이트가 소수에게 집중되던 과거와 달리 누구든 마음만 먹으면 자신을 알릴 수 있는 요즘이다. 이제는 **왼손이**

하는 일을 오른손도 알게 공유해야 한다. 누군가에게 자신을 알리고 싶다면 말이다.

글도 그렇다. 선택된 글만 독자와 만날 자격이 있던 과거와 달리, 이제는 까다로운 과정과 절차 없이도 누구든 자신이 쓴 글을 사람들에게 읽히게 할 수 있다.

과거보다 경쟁이 치열한 건 사실이다. 읽을 콘텐츠는 늘었지만 정독하는 사람은 줄어들고 있으니까. 공유할 기회가 늘어난 만큼 평가받을 일도 늘었다. 혹시 내 글이 별로라고 하면 어쩌지. 이런 두려움에 남이 쓴 글만 읽고 정작 자신이 쓴 글은 숨겨만 두는 경우도 많다.

하지만 이럴수록 자꾸 써서 올리고 공유해야 한다. 긴 글이 아니어도 괜찮다. 자신의 SNS에 매일 짧은 문장을 올린다거나, 유명 사이트 게시판에 글을 연재해보자. 어디든 좋다. 자주 써서 올려보길 권한다. **글은 퇴고하면 할수록 점점 나아지고, 깨지고 부서질 용기를 아끼지 않았을 때 더욱 단단해진다.**

예전에 한 유명 드라마 작가의 강연에 다녀온 친구에게 "작가님을 실제로 만나보니까 어때?"라고 물었던 적이 있다. 친구는 인상을 잔뜩 쓰며 그녀에 대해 이렇게 표현했다.

"진짜 재수 없더라."

이유를 물었더니. "선생님은 습작을 몇 편이나 쓰고 데뷔하셨나요?"라는 질문에 "전 습작이 없어요. 처음 쓴 작품도 드라마가 됐거든요"라고 했단다. 강연장 안은 작가 지망생으로 가득했다. 마음처럼 되지 않는 글쓰기의 힘듦을 위로받고 싶던 사람이 많았을 거다. 나도 불안했고, 실패했고, 견뎠다. 나도 해냈으니 당신들도 할 수 있다. 이런 대답을 기대했을 것이다. 위로받지 못한 마음이 재수 없단 감정으로 표출됐다.

살다 보면 내가 잘하고픈 분야의 천재를 만나게 된다. 솔직히 하늘에서 뚝 떨어진 재능을 독차지하고 사는 듯한 천재를 만나는 일이 즐겁지만은 않다. 천재가 가진 빛나는 재능 앞에 내가 해온 노력이 순식간에 잿빛이 되기도 한다. 이때 천재를 질투할 수는 있지만, 그 모습에 압도되어 나의 노력을 관두지는 말자.

분명 이곳저곳에 글을 공유하다 보면 수많은 천재를 만나게 될 것이다. 하필이면 그 천재가 나와 비슷한 주제로 글을 써서 내 글과 비교될 때도 있다. 그러나 천재는 천재일 뿐이고, 나는 나다. 오늘 내가 쓴 글이 초라해 보인다고 내일부턴 쓰지 않겠다고 하지 마시길.

완벽한 글이 아니어도, 하필 천재가 쓴 글이 내 글 옆에 있어
도, 씩씩하게 쓰고 공유하자. 재능을 예단하고 포기하는 사람
은 모른다. 꾸준히 쓰는 사람에게 어떤 일이 벌어지는지.

3

물론
잘 쓰고 싶다

오, 나의 텍스트 친구

내 글을 특별하게 만드는 상상력

– 하루 씨, 저 지금 도착해서 서점에 있어요.

그녀에게 온 메시지다. 묘하게 두근거린다. 오늘따라 서점은 사람들로 북적인다. 눈에 딱 걸리는 사람이 없다. 한 번에 그녀를 찾아내기 어려울 듯하다. 그때 서점 입구에서 누군가 내게 쭈뼛쭈뼛 손을 흔든다. 긴 생머리에 마른 여자다. 얼마나 말랐는지 쫙 펴고 흔들어대는 손까지 바람에 꺾인 갈대처럼 보인다. 가까워질수록 미간을 찌푸리며 긴가민가한 표정으로 서로를 확인하다가, 한 걸음을 두고 마주한 후에야 확신했다. 내가 찾던 혜진 씨다.

"하마터면 못 알아볼 뻔했네요."

우린 서로를 단번에 알아보지 못했다. 꽤 자주 연락하고 한 번 안부를 물으면 길게 대화하는 친구인데도 6년 만에 만났다. 왜냐하면, 혜진 씨와 나는 '텍스트 친구'이기 때문이다.

–

혜진 씨와 알게 된 건 한 통신회사에서 프리랜서로 일할 때였다. 그때 우리 업무는 고객센터 상담사에게 배포될 스크립트를 제작하는 것이었다. 그녀는 CS 강사였고 나는 카피라이터였다. 한 달 동안 함께 본사에서 고객심리라든가 마케팅 사례를 찾고 공유했다. 스크립트가 정리된 후에는 각자 다른 자회사로 출근해 기존 상품부터 신상품, 그 외 다양한 상황에 필요한 스크립트를 만들었다.

우리가 함께 일한 시간은 딱 한 달이었고, 그 기간에도 업무 외에는 사적인 대화를 하지 않던 사이였다. 그도 그럴 것이 혜진 씨와 나는 누가 봐서 '안 맞아' 보였다. 일단 그녀는 폭설이 내리는 날에도 H라인 치마와 하이힐을 신었고, 나는 노트북이 필요 없는 날에도 배낭을 메고 운동화를 신었다. 식성도 달랐다. 그녀가 양식을 선택하면 나는 한식을 골랐고, 내가 빵이 먹고 싶은 날이면 혜진 씨는 밥을 찾았다. 결정적으로 커피 중독자인 나와 달리 그녀는 체질적으로 커피를 마시지 못했다. 이렇게 안 맞는 우리가 텍스트 친구가 된 건 순전히 메신저 덕분이다. 어느 날인가. 일하던 중에 혜진 씨가 사내 메신저로 안부를 물었다.

- 하루 씨, 잘 지내요?

나는 잘 지내지 못했다. 자회사에 새롭게 꾸려진 팀에 합류하면서 계약 당시 제시받은 것과는 다른 업무 환경에서 일하고 있었으니까. 분명 교육받고 자료 조사하는 본사에서의 한 달을 제외하고는 주 3일 출근이 될 거라 했는데, 진짜 직장인처럼 평일 내내 출근해 오전 9시부터 오후 6시까지 일하고 있었다.

- 아뇨. 혜진 씨는요?
- 혹시 하루 씨도 5일 내내 출근하고 있어요?

옳거니. 기뻐할 일이 아닌데 괜히 마음이 들떴다. 사람은 역시 '좋은 일'보다 '나쁜 일'로 뭉쳤을 때 끈끈해진다. 그 후로 혜진 씨와 나는 회사 메신저 또는 카카오톡으로 자주 대화했다. 회사 욕을 하고, 업무에 필요한 자료를 공유하기도 하고, 때로는 연애 상담과 집 안 속사정까지 털어놨다.

웃긴 건, 정작 만나면 둘 다 딴사람이 됐다는 것이다. 두 번 정도 본사 회의에 참석해서 혜진 씨와 마주친 적이 있다. 전날 연애 고민을 주고받으며 서로를 위로하던 우리는, 다음날 회의에서는 처음 본 사람처럼 서로를 바라보며 업무 이야기만 주고받았다. 그리고 헤어진 후에는 이런 메시지가 오갔다.

- 하루 씨, 같이 차 한잔했으면 좋았을 텐데, 아쉽네요.
- 그러니깐요. 우리 다음에 꼭 밥 한 번 먹어요.

혜진 씨가 말한 차 한잔도, 내가 말한 밥도, 그로부터 6년이 지난 후에 먹게 될 거란 걸 당시의 우린 미처 몰랐다.

그녀와 난 비슷한 시기에 회사를 관뒀다. 나는 결혼 후 다른 업종으로 이직했고, 혜진 씨는 더 좋은 조건으로 다른 회사와 계약했다. 그러나 너나 할 것 없이 꾸준히 연락을 이어갔다. 어떤 날은 같은 동네, 그것도 매우 가까운 위치에 있었던 적도 있으나 끝내 만남을 성사되지 않았다. 물론 전화 통화도 하지 않았다. 오로지 텍스트만 주고받았고, 서로의 생일에 작은 선물을 보낼 뿐이었다.

훗날 우린 영화 〈그녀〉에서 인공지능 운영체제인 '사만다'와 사랑에 빠진 남자 주인공 '테오도르'의 감정을 100퍼센트 이해했노라, 동시에 고백하기도 했다.

–

신비주의를 고수하던 우리가 오프라인에서 얼굴을 마주하게 된 건, 오메가3 때문이었다. 맞다. 생선과 해조류 등에 풍부하게 들어 있으며 혈중 중성지방과 기억력, 집중력에 도움이 된다는 그 건강기능식품 오메가3다.

혜진 씨가 어머니께 선물할 건강기능식품에 관한 이야기를 꺼냈을 때, 나는 마침 관련 브랜드를 가진 회사에서 일하고 있었다.

– 혜진 씨, 우리 회사 오메가3도 괜찮은데, 어때요?

– 좋긴 좋은데 그 제품 비싸지 않아요?

– 제가 대신 구매해줄게요. 직원은 싸게 살 수 있거든요.

늘 그렇듯 구매한 영양제는 택배로 보내줄 생각이었다. 그런데,

- 하루 씨, 만나서 주세요. 제가 밥 살게요.

영화에서 테오도르는 인공지능 연인 사만다와 이별했다. 하지만 우리들의 텍스트 우정은 4D 우정으로 진화되어야 할 순간을 맞았다.

–

혜진 씨를 만나러 가는 길. 6년 전 회의실에서 만날 때처럼 어색하면 어쩌지. 그럼 텍스트 우정에도 마침표가 찍히지 않을까. '마주 앉아서도 휴대전화 메신저를 통해 대화하는 게 아닐까' 하는 엉뚱한 상상도 했으나 현실에서 마주한 우리는 서로를 단번에 알아보지 못했다. 덕분에 어정쩡하게 '쟤가 맞나'하는 눈빛을 교환하다가 웃음이 터뜨렸다. 물론 'ㅋㅋㅋㅋㅋ'가 아닌 '푸하하하하하'였다.

우리의 첫 4D 대화는 의외로 흥이 넘쳤다. 정말이지 텍스트를 주고받으며 상상했던 분위기 그대로였다. 서로에게 할 말이 너무도 많았던 탓에 헤어지는 지점에서도 한참을 서서 웃고 떠들었더랬다. 그날 오메가3로 성사된 혜진 씨와의 만남에서 기억에 남는 대화는 단연 이 부분이다.

"하루 씨, 우린 안 평범한 사람들일까요? 대부분 이렇게 잘 맞으면 자주 만나잖아요."

"자주 만나도 소통 안 되는 사람이 얼마나 많은데요. 우린 그냥 남들보다 느리고 게으른 사람들일 뿐이에요."

"그렇겠죠? 그나저나 우린 또 언제 보게 될까요?"

혜진 씨에게 오메가3 재주문이 들어오는 날, 우리는 다시 만나게 될 것이다.

앞서 혜진 씨와 나는 공통점이 없다고 언급한 바 있으나, 텍스트 우정을 이어가다 보니 닮은 구석이 있긴 있었다. 둘 다 엉뚱하고 상상하길 좋아했다. 주고받은 문자메시지를 보면 이런 문장이 가득했다.

- **상상**해보니까 웃기네요.
- **상상**도 하기 싫네요.
- **상상**만으로도 끔찍하네요.
- **상상**하니까 슬프네요.

우린 서로의 생김새와 말투는 알았지만, 그 외에 사소한 정보와 크고 작은 사건들은 모두 글로 주고받았다. 이 때문에 대화할 때 서로의 상황이나 환경에 대해 자주 상상할 수밖에 없었다. 만약 상상하는 게 귀찮았다면, 이토록 오랜 시간 동안 연락을 이어오지 못했을 것이다.

쓸데없는 상상 마라. 괜한 생각 말고 공부나 해라 등….

어릴 적부터 상상은 낭비라 배웠다. 하지만 동시에 창의적인 사람이 되어야 한다고, 또 남들이 하지 않는 생각을 통해 새로운 아이디어를 만들어야 성공한다고도 배웠다. 정리해보면 쓸모 있는 상상과 생각만 하면서 창의적인 사람이 되란 것인데, 아무리 따져 봐도 어폐가 있다. 어떤 생각이 가치가 있고 어떤 생각이 가치가 없는 걸까. 그건 결과를 보기 전까지 섣불리 판단할 수 없지 않은가.

쓸데없는 상상은 낭비가 아니다. 때로는 상상으로 시작된 일이 사람들의 박수를 받기도 한다.

'지워도 지워도 매일 쌓이는 스팸메일에 답장을 보낸다면?' 이런 엉뚱한 상상을 행동으로 옮긴 이가 있다. 코미디언이자 작가인 제임스 비치이다. 그는 스팸메일에 열심히 답장을 보낸 덕분에 강연자이자 작가가 됐다. 얘기는 이렇다. 어느 날 회원가입도 한 적 없는 마트로부터 곧 개장한다는 광고메일이 온다. 여느 때처럼 수신 거부를 누르지만, 얼마 후 마트로부터 같은 광고메일을 받게 된다. 수신 거부도 소용없었다. 메일은 계속 왔으니까. 참다 참다 폭발한 그는 답장을 보낸다. 아주

진지하게 말이다.

- 정말 기대가 되네요. 마트가 개장하는 날 제가 뭘 가져가면 될까요?

마트 담당자는 그의 메일에 '의견을 검토해보겠다'라는 형식적인 답변을 보냈고, 그는 다시 '행사를 즐기려면 폭죽이나 행사용 튜브가 있어야 할 것 아니냐'고 묻는다. 그러자 담당자는 '개장 기념 행사를 할 계획이 없다'는 답변을 보낸다. 이에 제임스는 '그럼 그동안 마트를 곧 연다고 메일은 왜 보낸 것이냐'며 '그러지 말고 우리 뭐라도 해보자'고 제안한다.

그 후 마트로부터 자동 답변 시스템으로 '의견 접수가 되었다'는 메일을 받자 그도 자동 답변 설정으로 '마트 의견을 접수하겠다'는 답변을 보낸다. 시간이 흘러 그가 메일을 확인했을 때 자동 시스템으로 마트에 보낸 메일은 21,439개였다. 스팸메일을 스팸메일로 응징한 것이다.

제임스 비치는 스팸메일에 대응한 일화를 TED 강연에서 소개해 관객에게 기립 박수를 받았고, 이 경험을 책으로도 출간했다.

세상에 새로운 이야기는 없다. 그러나 다르게 쓴 이야기는 많

다. 같은 이야기를 새롭게 쓰고 해석하는 능력은 쓸데없는 생각과 상상을 남들보다 더 많이 할 때 생긴다. 제임스 비치는 강연 끝에 이런 말을 덧붙였다.

"삶이 힘들 때 좌절과 싸우지 말고, 좌절을 삶을 재밌게 만드는 촉매제로 만들어버려요."

아팠던 기억을 담담하게 쓰는 것.
기뻤던 일을 슬프게 쓰는 것.
아무것도 아닌 일을 의미 있게 쓰는 것.

글쓰기는 우리 삶을 새롭게 만드는 촉매제이다.

헤어진 연인 차단법

↘ 짧은 글이 가진 힘

1.

- 자니?

- 응, 자. 남편이랑.

그 후로 그에게 연락이 오지 않았다.

2.

- 잘 지내?

- 아니. 여자친구랑만 잘 지내.

그 후로 그녀에게 연락이 없다.

시험

또 봐?

뭔가 싶겠지만, 시다. 고등학교 국어 선생님께 전해 듣기로는 한 학생이 백일장에서 상을 받은 작품이란다. 딱 네 글자 쓰고 상이라니. 긴 글을 쓰고도 입상에 그쳤던 나의 과거를 되짚어 보니 질투가 난다. 그러나 인정할 건 인정해야겠다. '또 봐?' 라는 두 글자만큼 시험에 대한 학생 마음을 대변하는 글도 없을 것이다.

짧은 글이 대세다. 기자로 일하다가 카피라이터가 됐을 때 짧은 글을 쓰는 연습을 많이 했다. 그때 다이어리 귀퉁이에 지렁이 같은 글씨로 써둔 글이 앞서 소개한 '헤어진 연인 차단법 1' 이다. 개인 창작물은 아니고, 가까운 친구에게 들은 얘기를 짧게 정리한 것이다.

긴 글이 맥락을 잃지 않고 독자의 눈을 끝까지 붙들어야 한다면, 짧은 글은 단숨에 읽히면서도 '뼈 때리는' 메시지로 여운을 남겨야 한다.

한때 하상욱 시인 글을 열렬히 구독했을 정도로, 짧은 글에 중독됐었다. 내 글 쓸 시간에 남이 쓴 글을 계속 검색해봤을 정도로 말이다. 이렇듯 짧은 글도 잘 쓰면 독자의 시간과 마음을 동시에 빼앗을 수 있다.

짧은 글은 금방 써질 것 같지만 의외로 그렇지 않다. 오랜 시간 끓여야만 진한 사골국이 완성되는 것처럼, 짧은 글도 쓰는 이의 세계관이 압축되어야 한다. 따라서 긴 글을 쓸 때만큼 시간이 필요할 때가 많다. 짧은 글을 잘 쓰는 방법을 소개하기에는 미흡하나, 연습 삼아 쓰다 보니 짧은 글을 빨리 쓰는 요령은 생겼다. 그 방법을 공유한다.

◆ **짧은 글을 빠르게 쓰는 요령**

1 >> 흔한 말 찾기

〈시험〉이란 시가 와닿은 이유는 작가의 관찰력 덕분이다. 주어진 단어, 주제, 상황을 두고 사람들이 자주 하는 말을 떠올려보자. 예를 들면 '다이어트'란 단어를 들으면 "내일부터"라는 말이 떠오른다. '신입사원'은 "넵" 또는 "아무거나요"란 말이 생각난다. 주제와 관련된 흔한 말을 생각나는 대로 써보자. 그중 쓸 만한 한 줄이 나올 테니까.

2 >> 아는 말도 다시 쓰기

화제가 된 영화와 드라마의 대사, 광고 문구, 유명인의 말 등을 이용하자. 이 글을 쓰고 있는 2019년 하반기 기준으로 올해 가장 많이 패러디된 말을 꼽자면 영화 〈극한직업〉의 "지금까지 이런 맛은 없었다"란 대사와 드라마 〈스카이 캐슬〉의 "어머니, 감당하실 수 있겠습니까?"란 대사다. 이를 패러디한 짧은 글 중 다음 문장들이 가장 기억에 남는다.

"지금까지 이런 세일은 없었다."
"어머니, 감 당기실 수 있겠습니까?"

전자는 온라인 쇼핑몰 등에서 지겹게 본 광고 문구, 후자는 친구가 엄마와 감을 따러 가서는 사진과 함께 SNS에 올린 글귀다. 한데 이 방법은 유행 탓에 글이 금방 촌스러워질 수도 있다는 단점이 있다. 따라서 글의 도입부에서 흥미를 유도할 때나 '의미 비틀기'와 같이 의도가 확실할 때 사용하는 게 좋다.

3 >> 낯설게 표현하기

어울리지 않는 단어와 문장을 조합한다거나 상황에 맞지 않는 표현을 하는 것을 의미한다.

운 좋게도 딱 좋은 계절에 퇴사합니다. 내일부터 가을 백수네요.

예를 들면 '퇴사합니다. 내일부터 백수네요'라는 문장에 '계절'이라는 다른 개념을 더해 써보는 것이다. 이 문장은 내가 퇴사할 때 보낸 메일 내용의 일부다. 유쾌한 퇴사는 아니었지만 우울하게 관두고 싶지는 않아 위와 같이 표현했다. 덕분에 좋은 분들과 화기애애하게 헤어질 수 있었다.

4 >> 개연성에 집착하지 말기

개연성을 따지면 설명해야 할 것도 많아져 글이 길어진다. 짧은 글은 버릴 게 없는 글이자, 앞뒤 없이 무턱대고 던지는 말이다. 이해와 설득을 위한 글이라기보단 독자가 여백에 생각을 채울 수 있도록 하는 글이란 점을 유념하자.

당분간 쉽니다

퇴고의 요령

얼마 전 회사로부터 '인력 감축'을 통보받았다. 고용 승계를 위한 재계약을 2주 앞둔 시점이었다. 입사 때 '도급 계약직이지만 매년 아웃소싱 회사만 바뀐다'고 했던 본사 담당자들은 부서 이동과 퇴사로 다 사라졌고, 계약서가 아닌 말로 주고받은 약속뿐이니 법으로 따져 물을 수도 없었다.

갑작스러운 통보에 길게는 8년, 짧게는 1년 반을 일한 팀원들은 우왕좌왕했고, 임신 초기에도 야근을 했던 동료를 시작으로 대부분이 퇴사를 선택했다.

깐깐한 면접을 통해 남게 될 최종 인원을 선발하겠던 회사는 말을 바꿔 모두에게 고용승계 기회를 주겠노라고 선심 쓰듯 발표했다. 그러나 남겠다는 사람보다 관두겠다는 이들이 더 많았다.

그도 그럴 것이 조건이 황당했다. 회사는 고용승계를 받는 직원에게 연봉을 전년과 똑같이 보장해주겠다고 했다. '보장'이란 단어가 거슬렸다. 한데 '다른 회사와 비교해 많이 주지 않냐'는 너스레도 빼먹지 않았다. 이쯤이면 다들 회사에 남게 해달라고 매달릴 줄 알았던 거다. 아무도 제안을 받아들이지 않았다. 그러자 그날 저녁 메일을 보내왔다. 이런 마지막 문장을 담아.

- 내일 오후 2시까지 답신이 없을 시
  고용 승계 제안을 무효로 한다.

다음해 퇴사를 계획했던 나는, 이른 감이 있지만 회사를 관두기로 하고 답장을 보내지 않았다. 그러자 다음날 오후 2시가 훌쩍 지난 저녁 시간, 같은 담당자로부터 한결 부드러운 글이 도착했다.

- 바쁘시거나 고민할 시간이 촉박하실 것 같아 다시 제안드립니다. 내일 낮 12시까지 답변 부탁드립니다.

하루가 또 지났다. 그리고 낮 12시, 두 번째 메일을 확인하고도 답신을 보내지 않은 이들에게 전화가 왔다. 또 담당자다.

그는 "답장이 없으서서 직접 연락을 드린다"며 긍정적으로 생각을 해봤냐고 물어왔다. 진작 무효가 돼야 했을 제안을 두 번이나 더 받다니. 타임 루프 영화 속 주인공이 된 것 같았다.

퇴사로 마음을 굳힌 동료 모두가 가정이 있고, 대출금이 있고, 생계에 대한 걱정을 안고 있었다. 그러나 다들 이것을 '기회'로 믿기로 했다. 회사 안이 전쟁터고 회사 밖이 지옥이라면, 지옥에서 맷집을 단련해 다른 전쟁터에서 싸워볼 기회였다. 나도 계획했던 지옥훈련을 1년 빨리 시작할 용기를 냈다.

이 회사에서 4년 반을 일했다. 회사에 손톱에 낀 때만큼도 애정이 없었다는 말이나, 작고 귀엽던 월급이 아쉽지 않다는 말은 못 하겠다. 야근을 자처할 정도로 잘하고 싶었던 프로젝트도 꽤 많았으니까. 다만, 이렇게 회사와 이별해야 하는 상황이 씁쓸하다.

퇴사하는 날, 입사할 때 있던 자료만 남겨두고 가려 한다. 노트북은 포맷할 것이다. 지난 몇 년간 더 좋은 결과물을 만들기 위해 나를 갈아 넣어 만든 자료는 분쇄기에 갈아버릴 예정이다. 갑작스러운 퇴사인 만큼 인수인계도 생략이다.

씁쓸한 이별이란 치사하고 유치한 거니까.

퇴사를 결정한 시기는 이 책의 초고를 마감해야 하는 시기와 맞물렸다. 덕분에 눈치 보지 않고 일주일간 휴가를 낸 채 초고를 완성하기로 했다. 오랜만의 휴가라 여유롭게 일어나 노트북을 챙겨 들고 카페로 향했다. 하늘은 맑고 햇볕은 적당했다. 회사에서도 점심시간에 카페에서 글을 쓴 적이 있었으나, 퇴근하고 집에 가서 써야 할 때가 더 많았다. 한 줄도 쓰지 못한 날이 허다했다. 야밤에 무거운 눈꺼풀을 들어 올리며 쓴 글이 벌써 90페이지가 다 되어갔다.

카페 창가 자리에 앉아 그동안 써둔 원고를 펼쳤다. 흐뭇한 표정으로 글을 읽던 나는 점점 표정이 굳어졌다. 그리고 이 말이 떠올랐다.

"초고는 다 쓰레기다."

한 시나리오 작가님께 들었다. 제아무리 유명한 작가의 글이라 할지라도 초고는 형편없는 경우가 많단다. 수정하고 다시 쓰는 과정이 글쓰기에서 얼마나 중요한지 알려주는 말이다.

글이 마음에 들지 않았다. 손발이 오글거리는 묘사가 보였고, 불필요한 내용도 많았다. 글과 어울리지 않는 제목도 눈에 띄었다. 무엇보다 그냥 마음에 들지 않는 문장이 수두룩했다. 일주일이면 초고를 다 쓰고 최소 한 번은 퇴고할 수 있겠구나 싶었는데, 이 상태라면 일주일은 턱없이 부족할 듯했다.
그 뒤는 상상하고 싶지 않다. 초조해서 남은 글도 잘 써지지 않았고, 기존 글 역시 아무리 수정해도 마음에 차지 않았다.

왜 이런 일이 벌어졌나 분석해봤더니 달라진 글쓰기 환경이 문제였다. 나는 주로 휴대전화 메모장이나 글쓰기 플랫폼에 글을 쓴다. 그러나 모든 글을 휴대전화로 완성하진 않는다. 스터디 과제라든가 회사 기획안과 대본, 지금처럼 책 원고를 쓸 때는 휴대전화로 구성을 잡고 노트북으로 옮겨서 작업한다. 여기까지는 똑같다. 그러나 1년 전에 회사와 먼 동네로 이사 오면서 글 쓰는 시간대가 일정해졌다. 회사에서 15분 거리에 살 때는 아무 때나 글을 쓸 수 있었는데, 이사한 후에는 밤에만 원고를 쓸 수 있었다.

외국의 한 연구 결과에 따르면 밤에는 스트레스 원인에 대한 생체 방어기구가 비정상적으로 작용한단다. 사람이 낮보다 밤에 감성적인 이유다. 이런 생체리듬은 글에도 영향을 미친다. 내 경우 밤에 쓴 글은 느끼하고 길이도 쓸데없이 길어진다. 그래서 밤과 낮을 오가며 쓰는 편인데 최근에는 그러지 못했다.

가장 좋은 건 밤에 쓰고 낮에 퇴고하는 것이다. **자신이 글 쓰는 패턴을 파악해 감성적인 시간에 글을 쏟아내고, 이성적인 시간에 살릴 부분, 수정할 부분, 삭제할 부분을 정리하면 된다.** 만약 글 쓰는 시간이 제한적이라면 퇴고에 더욱 신경 써야 한다. 다음은 퇴고하기 전에 알아두면 도움이 되는 세 가지다. 알아만 두시라.

◆ **알아두면 도움이 되는 퇴고법**

1 ≫ 처음부터 스토리표를 만들어두기

그런 글이 있다. 쓸 때는 스스로 감동할 정도로 만족스러웠는데, 나중에 읽을 때는 손발이 오그라드는 글. 이런 글은 소재나 주제가 적절하지 않았다기보다는 구성이 무너진 경우가 많다.

긴 글을 쓸 때는 '스토리표'를 만들 것을 권한다. 광고나 영화를 제작할 때 쓰는 스토리보드와 비슷하다. 스토리보드란 아이디어나 대본을 영상으로 옮기기 위해 그림으로 정리한 계획표다. 대충 그린 만화책 같은 느낌이랄까.

그렇다고 그림을 그리라는 건 아니다. 엑셀이나 A4용지에 표를 만들어 어떤 순서로 내용을 작성할지 순서대로 정리해보자. 글을 넣어도 좋고 그림이나 낙서도 좋다. 완성된 표를 키보드 옆에 두고 글을 쓰면 쓸데없이 내용이 길어지거나 주제를 벗어나는 걸 막을 수 있다.

2 >> 문장은 짧게 줄이기

문장을 짧게 쓰라는 얘기를 또 한다. 지겨워하지 마시길. 앞으로 글쓰기 관련 책을 읽거나 강의를 듣게 된다면 이보다 백 배 천 배는 더 듣게 될 테니까.

'주어+목적어+동사'로 이뤄진 간결한 문장을 쓰면 득이 되는 게 뭘까. 일단 독자가 쉽게 읽고 이해할 수 있다. 우린 디지털 시대에 살고, 사람들은 주로 작은 휴대전화 화면으로 글을 읽는다. 그렇기에 문장은 더욱 간결해져야 한다. 군더더기가 될 수 있는 형용사와 부사를 덜어내고, 쉼표와 마침표도 아끼지 말아야 한다. 나는 지나치게 쉼표를 남발하는 탓에 퇴고할 때 문장을 많이 고친다. 그러나 쉼표 덕분에 단어를 덩어리채 넣고 빼면서 전체 의미를 바꾸지 않고 빠르게 수정하는 편이기도 하다.

3 >> 문단 나누기

A4용지 한 면에 10포인트 크기의 글자로 빽빽하게 채운 글이 있다고 하자. 이런 글을 보면 어떤 생각이 드는가. 예상하건대 읽고 싶지 않다는 사람 수가 압도적일 것이다. 이것은 퇴고할 때 '문단 나누기'와 '행갈이'도 신경 써야 하는 이유다. 단순히 여백을 만들라는 게 아니다. 다 쓴 글을 입으로 읽어가며 문단과 행을 확인해보잔 얘기다. 자신만의 문체는 단어 선택이라든가 표현 외에도 퇴고를 어떻게 하느냐에 따라 만들어지기도 한다.

한 인터뷰에서 박민규 작가가 했던 말이 떠오른다. 독특한 행 띄우기와 문단 나누기, 숨 가쁨 쉼표 등. 과거 파격적인 문체를 보여줬던 그에게 한 기자가 "작가님 글은 마치 랩 같은데 쓸 때 소리 내서 읽어보세요?"라고 묻자 이렇게 대답했다.

"읽어보죠. 읽으면서 쓰고, 다 쓴 뒤 읽어보기도 하고. 쉼표도 그렇게 찍어요. 다른 사람이 읽어보는 경우도 있고요. 젊은 사람과 나이든 사람은 읽는 속도가 조금 다르더군요."

입으로 읽어가며 퇴고하는 방법은 역시 옳다. 특히 자신만의 문체를 만드는 데 도움이 된다.

내 글이 좋다는 사람이 생겼다

✎ 글을 계속 쓸 수 있는 이유

한 심리학자가 실험을 통해 알아낸 법칙에 따르면 인간은 긍정적인 신호보다 부정적인 신호를 다섯 배는 더 강하게 받아들인다고 한다. 예컨대 "너는 못생겼어"라는 말을 한 번 들었다면, "너는 잘생겼어"라고 다섯 번 이상 들어야만 마음이 원래의 상태로 돌아갈 수 있다는 뜻이다.

— 김연수, 《우리가 보낸 순간》 중

20대에 소설과 시로 등단한 김연수 작가. 그런 그도 자신에게 글쓰기 재능이 있을 줄은 몰랐단다. 학창 시절 지역 백일장에 참가했다가 빈손으로 돌아왔던 한 번의 기억이 '내게는 글쓰기 재능이 없군'이란 결론을 내게 됐고, 그 후로 무엇을 쓰려고 할 때마다 기분이 '더러워졌다'고 고백했다. 그러면서 글

쓰는 게 좋아서 문예창작과에 들어간 학생 대부분이 4년 내내 글을 얼마나 못 쓰는지에 대한 비판을 듣다가 졸업 무렵에는 재능이 없단 사실을 깨닫고 글이 더욱 형편없어진다며, 이를 극복하기 위해서는 그동안 들어왔던 비판의 다섯 배 정도의 칭찬이 필요하다고 했다.

내게도 글을 쓰는 데 있어 '재능'은 커다란 걸림돌이었다. 글 쓰는 게 좋아 재수까지 해서 문예창작과에 입학했지만 졸업할 때는 취업에 유리한 학과를 선택하지 않은 게 후회됐다. 대학을 다니는 4년 동안 들어왔던 비판과 제대로 들어본 적 없던 칭찬으로 '재능 없음'을 확신한 탓이다.

졸업 후 9년간 '회사에서 쓰는 글' 외에 '내가 쓰고 싶은 글'은 쓰지 않았다. 아니, 쓰고 싶은 마음이 들지 않았다. 세상에는 자기 글을 쓰는 사람이 많으니 나까지 쓸 필요는 없어 보였다. 괜히 글을 써서 누군가에게 보여줬다가 지적을 당한다면, '밥벌이용 글쓰기'에도 치명타를 입을 게 뻔했다.

–

정말이지 아무리 좋아하고 사랑하는 일이라도 칭찬과 격려 없이는 지속할 수 없다. 또한, 내가 하고 싶은 일이 나와 적합하지 않다는 말을 계속 듣다 보면 끝내는 하기 싫어지기도 한다. 이런 경험과 마음을 딛고 다시 글을 쓰기까지 10년이 걸렸다. 사실 이것도 남편의 제안이 아니었다면 일어나지 않았을 일이다. 역시 '나를 과대평가 해주는 사람'이 내 곁에 있다는 것은 큰 힘이 된다.

요즘도 글쓰기가 쉽지만은 않다. 퇴근 후 저녁을 먹고 책상에 앉으면 한 줄을 쓰는 것도 버겁다. 꾸역꾸역 한 줄을 쓰더라도 다음 문장을 잇지 못해 깜빡이는 커서만 바라보다가 잠드는 날도 있다. 단 한 줄도 쓰지 못해 괴로운 날도 물론 있다. 하지만 쓰는 일이 자꾸만 더 좋아진다. 지금 나에게는 내 글이 좋다고 말해주는 사람들이 있기 때문이다.

브런치란 플랫폼에 글을 연재하면서 받았던 독자들의 칭찬과 공감, 책을 출간한 후 독자에게 받았던 편지와 이메일, 가까운 지인과 가족이 내게 해준 말이 쓸 수 있는 용기를 준다. 이것이 대학에서 들었던 비판의 다섯 배가 넘는 긍정적인 신호인지는 모르겠다. 분명한 것은 나를 용감한 사람으로 만들어줬다는 것이다.

다섯 배가 넘는 긍정적 신호 중 가장 잊을 수 없는 건 아빠의 칭찬이었다. 딸이 대본 작업에 참여한 연극을 보고도, 딸이 쓴 대학 졸업작품, 기사와 칼럼을 읽고도 늘 침묵해왔던 아빠다. 그런 아빠에게 첫 책을 보내드린 후 이런 문자메시지가 왔다.

- 글이 현실감 있고, 너저분하지 않고, 담백하게 잘 구성해서 흥미진진하구나. 고생했다.

사실 아빠는 내가 글을 좋아하게 된 계기를 만들어준 사람이다. 영화와 책을 좋아하는 아빠는 주말마다 딸을 데리고 비디오가게와 책방을 다녔다. 그때마다 예치금 만 원을 넣어주고는 "평일에도 보고 싶은 거 있으면 다 빌려봐"라며 문화생활을 적극적으로 지원해줬다. 공짜는 아니었다. 대신 혼자 책방이나 비디오가게를 갈 때면 늘 아빠 담배 심부름을 해야 했으니까. 아무튼, 나는 글을 쓰게 만든 장본인인 아빠에게 칭찬을 듣기까지 35년이 걸렸다.

행동하지 않으면 아무 일도 일어나지 않는다.
글도 마찬가지다.
잘 쓰고 싶다면 일단 써야 한다.

나는 '인간 개복치'다. '인간 개복치'란 예민하고, 유약하고, 소심해서 세상에 잘 적응하지 못하는 이들을 말한다. 한마디로 유리멘탈을 가진 사람이란 뜻이다. 그러나 나와 가까운 사람들조차 내가 이런 사람인 줄 모른다. 대학에서는 4년 내내 칭찬을 받지 못하면서도 낄낄대며 다녔고, 회사에서는 계약직임에도 은근히 할 말을 다 하고, 첫 책《나는 슈퍼계약직입니다》역시 까칠한 말투가 문장에 묻어나서인지 한 독자는 SNS에 짧은 서평 후 이런 해시태그를 달았다.

#쎈언니

아무래도 내가 '인간 개복치'란 사실을 아는 사람은 나와 남편, 두 사람뿐인 듯하다. 아차, 최근에 심리상담을 해준 선생님까지 셋이다. 보이는 것과 달리 나는 상처를 잘 받는다. 예전에 친한 친구에게 청첩장 글을 써준 적이 있었다. 한데 이사실을 몰랐던 다른 친구가 내게 "이 글 졸라 느끼하지 않냐?"라고 하는 게 아닌가. 그때 나는 "그거 내가 졸라 열심히 쓴 글이야" 하면서 장난스럽게 받아쳐놓고는 몇 날 며칠 잠을 이루지 못했다.

다시 '나의 글'을 쓴다는 게 무서웠다. 취미로 글쓰기 시작하기로 마음먹었을 때 역시 **'어떻게 하면 사람들 모르게 글을 쓸 수 있을까'**를 고민했다. 특히 가까운 사람이나 나의 전작을 아는 사람들에게 글을 보여줄 용기가 없었다.

일단 필명으로 글을 써야겠다고 마음먹었다.

처음에는 블로그에 영화 서평부터 올렸다. 예상대로 아무런 반응이 없었다. 간혹 광고나 딱 봐도 복사한 글로 보이는 이웃 신청 제안 댓글이 달렸다. 영화 서평을 잘 쓰는 박식한 블로거는 셀 수 없이 많았다. 나까지 쓰지 않아도 되겠다는 결론에 이르렀다.

한번은 낡은 아파트를 셀프인테리어했던 경험담과 사진을 관련 카페에 올려봤다. 결과는 대박이었다. 수백 개의 댓글과 쪽지를 받았다. 하지만 딱 거기까지였다. 전셋집에 자꾸 셀프인테리어를 하는 것도 부담이었고, 내게는 이런저런 문의글에 상세히 답변해줄 전문성도 없었다.

다음에는 웹소설을 썼다. 네이버에서 운영하는 웹소설 도전 페이지에 글을 올렸다. 내용은 회사 안에서 벌어지는 코믹 치정극이었다. 그러나 본격적인 사건이 벌어지기도 전에 포기해 버렸다. 글쓰기는 체력전인데 회사에 다니며 꾸준하게 매주 6,000자 분량의 글을 두 편씩 올리기가 부담됐다. 물론 내 소설을 읽는 독자도 없고, 댓글 달아주는 이들도 없었기에 힘이 나지 않았다는 사실 역시 부정하지 않겠다.

그러다 만난 게 '브런치'란 글쓰기 플랫폼이었다. 살펴보니 블로그보다 글쓰기에 집중할 수 있었고, 분량이 적은 글을 올려도 괜찮을 것 같았다. 게다가 필명으로 글을 쓸 수 있었다. 나는 이곳에 회사 생활과 결혼 생활 이야기를 틈틈이 써서 올렸다.

처음에는 무반응이었다. 읽어주는 사람은 있었으나 댓글이 달리진 않았다. 그렇게 한두 달이 흐르고 누군가 내 글 아래 인스타그램 '좋아요'와 비슷한 기능인 하트를 꾹 눌러줬다. 내 글이 괜찮아서 저장한다는 의미였다. 그게 시작이었다. 올리는 글이 많아질수록 하트와 댓글도 늘어났다. 몇몇 글은 포털 사이트에 소개가 됐고, 또 어떤 글에는 베스트셀러 작가님이 쓴 댓글이 달리기도 했다.

가장 짜릿했던 순간은 회사 동료가 '친구에게 받은 글인데 공감 간다'며 보여준 것이 내 글일 때였다. 그날은 처음으로 남편이 아닌 다른 사람에게 내가 필명으로 글을 쓰고 있다고 고백한 날이기도 하다.

글쓰기는 방법을 배우는 것도 중요하다. 그러나 가장 중요한 것은 '어떻게든 써보는 일'이다. 사실 글이란 게 이론을 배우면 배울수록 직접 쓰기는 겁이 나고 어려워진다. 내 경우는 그랬다. 이론은 쓰면서 배워도 충분하다.

글 쓰기 좋은 시대다. 앞서 설명한 플랫폼들 외에도 글을 독자에게 보여줄 기회와 공간이 늘었다. 상을 받지 않고도, 등단한 적 없어도 '작가'로 불릴 수 있게 됐다. 무엇보다 나 같은 **인간 개복치도 용기 내 표현할 수 있는 시대다.**

안티의 취향을 저격하다

악플 대응법

이천십팔 년.

끝을 살짝만 올려도 상스럽게 들리는 해였다. 예감이 좋지 않았다.

느낌이 적중했다. 전세 만기를 앞두고 집을 매매하려니 집값이 하늘을 뚫을 기세로 올랐다. 어쩔 수 없이 고민하던 후보지 세 군데를 포기하고 다른 지역으로 이사했다.

회사는 더했다. 반년 동안 팀장 자리가 네 번이나 교체됐다. 해도 해도 너무한다며 자발적으로 사표 쓴 팀장이 한 명, 회사에서 권고사직으로 자른 팀장이 두 명이었다. 매달 큰 프로젝트가 진행됐지만, 책임자가 없다 보니 갈등이 깊어졌다. 그사이 나도 욱하는 마음에 퇴사하겠다고 했다가 대출금 액수에 정신이 혼미해져 마음을 잡고 사표를 찢어버렸다.

덕분에 한 해 동안 스트레스성 탈모, 공황장애, 대상포진 외에 자잘한 질병까지. 몸 상태가 좋은 날이 손에 꼽힐 정도였다.

–

그날도 그랬다. 케케묵은 감정이 폭발해 본사 담당자와 '다정한' 말투로 실랑이를 벌이던 중이었다. 그때, 드르륵. 문자메시지가 왔다.

– 작가님, 우수 출판물 선정 결과가 나왔습니다.

  우리 책이 선정됐답니다. 축하드려요.

  서둘러 출간 준비토록 할게요. 기쁜 주말 보내시길!

출판사 편집자님의 권유로 첫 책을 '우수 출판 콘텐츠 지원 사업'에 접수했었다. 나도 그렇고, 편집자님도 그렇고 큰 기대는 없었다. 둘 다 성격인지 허허실실 웃으며 "기대하지 말고 천천히 출간 준비합시다"라고 했었다. 그 후 접수한 일마저 까마득히 잊었더랬다.

"미치겠다 진짜. 히히히."

속으로 생각한 줄 알았는데 입 밖으로 나왔다. 마주 앉아 있던
담당자가 놀라서 왜 그러냐고 물었다. 휴대전화를 내려놓는데
입꼬리가 덜덜 떨렸다.

"말씀하신 대로 수정해볼게요."

웃는 건지 우는 건지 알 수 없는 표정이 되어서는 본사 담당
자에게 이렇게 대답했다. 못 하겠다던 일을 흔쾌히 승낙했다.
30분간 벌였던 싸움이 무색해졌다.

회의 후, 관련 사업이 진행된 기관 홈페이지에 접속해 결과 발
표가 담긴 게시물을 클릭했다. 진짜 내 작품과 이름이 있었다.
다시 실없는 웃음이 흘렀다. 대체 누가 날 뽑아준 걸까. 궁금
해서 심사위원 명단을 확인했다. 그러다 거기서 이 교수님 이
름을 발견했다. 에이 설마. 양손으로 눈 마사지에 들어갔다.
그쯤 야근이 많아서 자꾸만 헛소리를 듣고, 헛것을 보곤 했다.
다시 봤다. 이 교수님 이름이 그대로 있었다. 살다 보니 이런
일도 생기는구나, 싶었다.

–

대학 시절 내내 이 교수님께 칭찬받아본 기억이 없다. 늘 붙어 다니던 동기에게는 칭찬과 조언을 아끼지 않은 걸 보면 절대 인색한 분은 아니었다. 될성부른 나무는 떡잎부터 알아본다고 했던가. 그 동기는 내가 봐도 부러울 정도로 글을 잘 썼다. 교수님 역시 그 재능을 알아본 것이고, 나는 그녀와 친해 늘 함께 있던 것뿐이었다. 누구도 나쁜 의도는 없었다. 자연스러운 상황이었다. 그러나 그 옆에서 어렴풋이 알게 됐다. 나에게는 글쓰기 재능이 없다는 것을.

열심히 해. 노력해. 안 되는 게 어디 있어.
이런 말이 싫었다. 죽어라 한다고 다 되는 게 아니란 말이 차라리 믿음직했다. 빠른 포기가 정신건강에 이롭다고 믿었다. 졸업과 동시에 작가, 등단, 출간과 같은 '꿈꾸던 미래'를 지웠다. 간절하게 바라는 일일수록 이뤄지지 않았다. 노력할수록 포기하는 시간이 당겨졌다. 뿌옇게 가려진 먼 미래보다 선명한 오늘 하루에 집중하게 됐던 나였다.
글쓰기도 마찬가지였다. 재능이 없다는 걸 확신하자, 현재의 일에 대해 쓸 수 있었다. 쓰는 일도 수월해졌다.

그날은 참으로 이상했다.

새벽까지 잠이 오지 않았다. 기분 좋은 불면증이랄까. 내가 글을 쓴다는 걸 아는 몇몇 지인에게 소식을 전해놓고도 손이 근질거렸다. 뒤척이다가 글을 연재하던 플랫폼을 열었다. 뜸했던 알람 표시가 보였다. 확인해보니 새로운 독자가 내 글을 구독한다는 소식이다. 이어서 하트도 꾸욱 눌려 있었다. 내 글에 관심을 보이는 그분이 고마웠다. 침침한 눈을 부릅뜨고 프로필 사진을 봤다. 어라. 낯익은 얼굴이다. 어디서 봤더라. 한참을 뚫어지게 보다가 불현듯 떠오르는 말이 있었다.

"솔직히 말할게. 네 글 별로야. 아니, 쓰레기야."

대학 시절 한 시나리오 특강을 수강한 적이 있었다. 그때 함께 수업을 듣던 언니다. 한 달간 총 네 번 진행된 수업 마지막 날. 뒤풀이 장소에서 술에 잔뜩 취한 언니가 담배에 불을 붙이며 내 첫 트리트먼트(영화 시놉시스에 살을 붙여 구체화시킨 형태)에 대해 해줄 말이 있다고 했었다. 맞다. 언니는 저렇게 얘기해줬다. 별로라고. 쓰레기라고. 덕분에 시나리오 정규 수업은 신청하지 않았다. 돈이 굳었다.

—

이천십팔 년. 상스럽고 지독했던 그해.

내 글을 싫어하던 두 명의 안티로부터 긍정적인 신호를 받았다. 재능 없이도 쭉 글을 써도 괜찮을 것 같다는 신호였다. 앞에서도 말했지만, 내가 간절히 바라면 대체로 이뤄지지 않거나 반대로 이뤄진다. 그래서 간절히 빌어본다.

**이 책을 읽고 글을 쓰는 모든 분이
한 번쯤 안티에게 시달려보길 바란다.**

이천십팔 년. 내가 가장 사랑한 작가는 단연《회색 인간》을 쓴 김동식 소설가다.

서점에 갈 때마다 그의 책과 마주쳤다. 하지만 어쩐지 마음에 들지 않는 표지 탓에 펼치진 않았다. 그 후 한참의 시간이 흘렀는데도 그 책은 계속해서 서점에서 가장 눈에 띄는 자리에 놓여 있었다. 대체 무슨 책이길래. 나는 호기심에 책을 집어 들고 앞부분을 조금 읽어보기로 했다.

이게 시작이었다. 그날《회색 인간》을 샀다. 그리고 바로 도서관으로 달려가 김동식 작가가 쓴 다른 소설들을 대출했다. 밤에는 오디오 북으로, 낮에는 책으로 그의 소설을 읽었다. 까도 까도 새로운 양파 같으니라고. 대체 언제까지 나를 놀라게 하려는 건지. 김동식 작가의 소설은 신선했고, 재밌었고, 깊었다. 뭐랄까. 사람들이 지긋지긋하게 우려낸 그 말. '지금까지 이런 소설은 없었다'라고 표현할 수밖에 없었다.

언론은 그를 '공장 노동자 출신 작가'라고 불렀다. 나는 이 점이 놀랍진 않았다. 학력과 상관없이 글을 잘 쓰는 작가는 많았으니까. 정작 나를 놀라게 한 건, 그가 글을 배운 방식이었다.

"첫 글을 쓸 때는 포털사이트에서 '글 잘 쓰는 방법'을 검색해 '간결해야 한다', '쉬워야 한다'는 등 정보를 보고 글을 쓰기 시작했다. (…) 계속 쓰다 보니 독자들이 맞춤법이나 개연성, 문장 구성 방법 등을 댓글로 알려줬다. (…) 댓글을 통해 글이 꾸준히 발전한 것 같다."

— 〈투데이 신문〉 인터뷰 중

유머 게시판에 짧은 공포 글을 올리는 것이 김동식 작가의 시작이었다. 그는 많은 인터뷰에서 '댓글'로 글쓰기를 배웠다고 말했다. 나는 기사를 읽다 말고 경박한 톤으로 "대~박"을 여러 번 외쳤다. 두 가지 의미에서였다.

하나는 작가의 '철갑 멘털' 때문이었다. 친절하게 맞춤법과 개연성을 알려주는 댓글도 있었겠지만, 비난과 욕설만 해대는 악성 댓글도 있었을 것이다. 무플보단 악플이 낫다고 해서 악플이 아프지 않은 건 아니다. 그런데도 300여 편이 넘는 글을 꾸준하게 올리다니. 놀랄 수밖에 없었다.

또 다른 의미는 쓴소리에 대처하는 자세였다. 나는 이 점이 가장 부러웠다. 댓글로 지적당한 부분을 과감하게 고치고 바꿔서 써보다니. 이 '언뜻 보면 어렵지 않은 일 같지만 절대 쉽지 않은 일'을 실제로 해내는 사람은 많지 않다.

글을 쓰고 싶다는 것은 하고 싶은 얘기가 있다는 것이다. 남들에게 보여주고픈 감정이 있다는 것이다. 말은 내뱉으면 끝이지만 글은 수정할 수 있다. 적어도 누군가에게 보여주고 공유하기 전까지는 말이다.

다른 사람에게, 그것도 불특정 다수에게 글을 꼭 공유해보라고 하고 싶다. 해보면 안다. 내 글에 필요한 것이 무엇인지.

내 글에 공감해주지 않는 댓글에도 피와 살이 되는 내용이 있다. 그러니 필요한 건 흡수하고 필요 없는 건 무시하자. 가끔 글 맥락과 상관없는 부분까지 공격하는 사람, 꼬투리를 잡고 모욕을 주는 사람의 댓글을 읽게 될 수도 있다. 이럴 때는 그냥 무시하자. 무시하는 게 힘들다면 신고하자.

얼마 전 카카오는 연예 섹션 뉴스 댓글을 잠정 폐지한다고 밝혔다. 악성 댓글을 사회문제로 인식하고 있음을 보여주는 예다. 세상은 이제 타인에게 글로 상처를 주는 사람에게 관대하지 않다. 의견과 모욕의 경계는 분명하다. 보여주는 글을 쓴다는 것은 '더 나은 글을 쓰기 위해 무게를 견디는 일'일 뿐. '내게 상처 주려고 덤비는 사람을 견디는 일'이 아니다. 그러니 겁먹지 않아도 된다.

장르는 파괴되었다

↖ '쓸 만한 인생'이 따로 없는 이유

십일방구, 구방구, 칠방구, 육방구.

이게 무슨 말인가 싶겠지만 어린 시절 할머니 할아버지와 텔레비전 좀 본 손자 손녀라면 알 수도 있겠다. 십일방구는 채널 11번인 MBC, 구방구는 채널 9번인 KBS1, 칠방구는 채널 7번인 KBS2, 육방구는 채널 6번인 SBS다.

어린 시절 방학이면 할머니 집에 머물렀다. 그곳에서 보내는 하루는 어제가 오늘 같고 오늘이 내일 같았다. 할머니는 종일 먹을 것을 내오셨고, 할아버지는 외출 후 집에 돌아올 때면 먹을 것을 사 오셨다. 쉼 없이 저녁밥까지 먹고 나면 그제야 할머니는 내게 임무를 줬다.

"구방구 켜놓고 시작하면 할머니 할아버지 불러라."

할머니가 부엌 정리를 하고 할아버지가 요강을 준비하는 사이 나는 채널 9번을 켰다. 그리고는 이불 위를 뒹굴뒹굴하며 연속극이 시작되길 기다렸다가, 광고가 끝나면 목청이 터져라 할머니 할아버지를 불렀더랬다. 그럼 마지막으로 들어오는 사람이 불을 끄고, 우리 셋은 방구석을 극장 삼아 연속극을 보며 잠이 들었다. 겨우 밤 9시가 되기 전에 말이다.

그렇게 몇 해가 흐른 어느 날이었다. 할머니 할아버지와 연속극을 보던 나는 심드렁한 표정으로 이런 말을 내뱉게 된다.

"뻔하네. 분명 저 아줌마가 여자주인공 찾아가서 따귀 날린다!"

잠시 후, 부잣집 남자 주인공 엄마는 가난한 여자주인공을 찾아가 내 아들에게서 떨어지라는 말과 함께 따귀를 때렸다. 너무 급하게 가느라 챙기지 못한 건지 얼굴에 던져야 할 돈 봉투는 보이지 않았다. 그러니까 예상을 빗나간 건 '이거 먹고 떨어지라'는 대사가 나오지 않았다는 것 정도였다.

손녀가 던진 이 말은 할머니를 불안하게 만들었다. 혹시나 더는 일일연속극이 재미없어서 자주 놀러 오지 않으면 어쩌나 싶었던 거다. 다음 방학부터는 십일방구와 육방구 드라마로 옮겨 탔다. 어르신에게 있어 구방구 일일드라마를 포기한다는 건 매우 파격적인 결정이었으리라.

–

할머니 예상대로 그때쯤 나는 일일연속극이 시시해졌다. 매번 주인공은 바뀌는데 비슷비슷한 설정, 예상을 빗나가지 않는 전개, 등장인물 모두가 행복해지지 않으면 큰일 날 것 같은 결말까지. 사춘기 소녀에게는 새로운 판타지가 필요했다. 한동안은 외국영화를 즐겼고, 고등학생·대학생 때는 일본 드라마와 미국 드라마에 빠졌다.

예전에는 취향에 맞는 콘텐츠를 찾는 데까지 시간이 걸렸다. 그러나 요즘은 바로바로 내가 원하는 콘텐츠를 볼 수 있다. 영화, 드라마, SNS, 스트리밍 사이트 등. 텔레비전과 라디오보다 작은 휴대전화를 더 많이 들여다보고 듣는다. 오히려 봐야 할 게 넘쳐서 피곤하다. 이제는 한 집에서도 서로 다른 콘텐츠를 보는 게 자연스럽다.

어디 이뿐인가. 콘텐츠를 보면 볼수록 점점 장르가 파괴되고 있다는 게 느껴진다. 더는 하나의 콘텐츠가 코미디, 로맨스, 판타지, 드라마, 스릴러 등 하나의 장르로 구분되지 않는다. 로맨스 스릴러, 코믹 스릴러, 로맨틱 코믹 판타지 등. 두세 가지가 섞인 장르도 이제 낯설지 않다. 장르는 파괴되고 통합되면서 새로운 형태가 되어가는 중이다.

–

이런 변화가 어디 영상뿐이겠는가. 글도 마찬가지다.

웹소설, 채팅 소설, 사진 에세이, 인스타그램 시 등. 형식은 새로워지고 분량도 자유로워졌다. 소재도 다양해졌다. 자극적인 이야기는 더욱 강렬해졌고, 소소한 이야기는 더할 나위 없이 소박해졌다. 버스기사 이야기, 편의점 점주 이야기, 간호사 이야기, 백수 이야기, 정신병동에 입원했던 사람 이야기, 그 외에도 각양각색의 크고 작은 실패담까지. 주변에서 흔하게 볼 수 있는 사람들이지만 잘은 몰랐던 속얘기, 그러니까 너무 가까이 있었기에 깊게 알지 못했던 삶이 글로 쓰이고 주목받고 있다.

'파괴'는 어감이 과격한 단어다. 그런데도 굳이 이 글 제목에 '파괴'란 단어를 넣은 까닭이 있다.

당신과 내가 쓴 글도
누군가의 마음을 허물고 다가갈 수 있다는 사실을
꼭 얘기해주고 싶어서다.

몇 년 전 함께 구방구 드라마를 보던 할머니께서 돌아가셨다. 오랜 시간 요양원에서 보내셨던 탓에, 우리의 마지막 추억도 병실 텔레비전으로 함께 드라마를 보는 것이었다. 하지만 이 추억은 나만의 것이 되어버렸다. 치매에 걸린 할머니는 나를 앞에 두고도 "아가씨, 우리 하루는 어딨어?"라고 물어보시곤 했으니까. 어쩌면 본인이 죽는 그 날까지 손녀가 찾아오지 않았다고 믿을지도 모르겠다.

원래도 작고 말랐던 할머니는 이런저런 합병증으로 더욱더 앙상해졌다. 환자복 사이로 드러나는 발목과 손목은 뼈 위에 살이 겨우 덮여있는 모양새였다. 몸도 혼자 움직일 수 없어 늘 같은 자세로 침대에 기대 있었다. 대개 이런 환자는 안쓰럽기 마련이다. 그러나 나의 할머니는 그 순간에도 고왔다. 원래부터도 배려심이 깊었던 사람답게 누구에게나 존댓말을 썼다. 요양사가 식사를 내어주고 몸을 일으켜줄 때도, 의사가 진료를 올 때도, 옆 침대 할머니 손녀가 캐러멜을 줄 때도,

"고맙습니다."

하며 힘겹게 고개까지 숙였다. 요양원 사람들은 보기 드물게
예쁜 치매 환자라고 입을 모았다. 착하기만 해서 서러운 일이
많았던 인생이었건만, 이제는 아프다는 핑계로 화내고 원망할
수 있건만, 할머니는 조금도 삐뚤어지지 않았다. 그 모습이 답
답했던 나는 '이제 싫은 사람은 싫어하서도 된다'고 알려드렸
다. 그러자,

"내가 마음을 곱게 써야 내 자식이랑 손주가 복 받지. 아가씨
가 왜 그런 말을 하는지 모르겠지만 난 이만하면 잘 살았어."

이런 대답이 돌아오는 게 아닌가. 사실 할머니는 아빠의 큰어
머니였다. 어린 시절 부모를 잃은 아빠를 대신 키웠다. 그리고
그런 아빠의 자식인 나를 위해 좋아하던 구방구 일일드라마까
지 기꺼이 포기했다.

언제부턴가 글을 쓸 때면 할머니와의 기억이 자꾸 떠오른다.
우리에게는 구방구 연속극을 보는 것 외에도 추억이 많았다.
초등학교 때는 한글을 가르쳐 드리기도 했다. 글을 제대로 배

우지 못한 할머니는 칠십이 가까운 나이에 성경책을 필사하며 한글을 익혔다. 그래서인지 생각을 짧게 기록한 문장도 마치 기도문 같았다. 그중 아직도 잊히지 않는 문장이 있다.

하늘에 계신 아버지여 우리 가족에게 거룩한 축복을 내려주셔서 감사합니다.

나는 이런 어른 밑에서 자랐지만 내 인생이 쓸 만하다고 깨닫는 데까지 꽤 오랜 시간이 걸렸다.

아직도 내 인생이 시시하고 평범한 듯하다. 하지만 이제는 그 사실이 내가 일상을 글로 옮기는 데 아무런 영향을 주지 않는다. 오히려 놀라울 뿐이다. 이토록 심심한 삶에도 쓸 만한 크고 작은 이야기가 계속해서 생겨나고 있지 않은가.

나를 뺀 모두가 멋지게 사는 것만 같아 자신이 작고 초라하게 느껴질 때, 과거 상처로부터 단단히 발목이 붙들려 있다고 생각될 때, 이렇게 살아서 뭐하나 싶을 때, 이럴 때조차 우리의 삶은 꽤 쓸 만하다. 아니, 이럴 때일수록 삶은 글로 볼 만한 가치가 있다. 벌어진 일은 되돌릴 수 없지만, 글을 쓰고 지우기를 반복하며 내 삶의 의미를 변화시킬 수 있다.

고로 '쓸 만한 인생을 사는 사람'이란

거울에 비친 내 얼굴을 애정 어린 눈빛으로 바라보는 것처럼

자신의 삶을 정성껏 써내려가는

모든 사람을 뜻한다.

에세이를 쓰며 알게 된 51가지

마지막으로 글을 쓰며 알게 된 51가지 사실을 공유하고자 한다.

1. 글쓰기는 누구나 할 수 있고

2. 누구에게나 '글감'이 존재하고

3. 쓰는 게 좋아지면 듣는 일도 즐거워지고

4. 글쓰기도 운동처럼 반복하다 보면 늘게 되고

5. 예사로운 일상에서 예사롭지 않은 글감도 찾아낼 수 있고

6. 그러나 글은 글감이 아닌 버티는 궁둥이로 완성되고

7. 멋진 문장보다 솔직한 문장이 힘이 세단 걸 알게 되고

8. 맞춤법은 글쓰기의 장벽이 아니란 걸 알게 되고

9. 취미로 쓰는 글이 업무용 글쓰기에도 도움이 되고

10. 자기 이야기를 타인에게 보여줄 수 있는 용기가 생기고

11. 인터넷에 글을 올리면 조회 수에 집착하게 되고

12. 글을 올렸을 때 누군가는 내 글을 좋아하고

13. 글을 올렸을 때 누군가는 내 글을 끝까지 읽어주지 않고

14. 글을 올렸을 때 누군가는 내 글을 클릭조차 하지 않고

15. 글을 올렸을 때 누군가는 내 글을 싫어하기도 하고

16. 글에 대한 악플이 무플보다 낫지만

17. 악플은 아플 수밖에 없고

18. 그만 써야지 마음먹을 때쯤 누군가 내 글을 칭찬해주고

19. 칭찬 한 번에 '내 글이 꽤 근사하다'는 착각에 빠지고

20. 착각하다가도 돌연 자신감을 잃기도 하고

21. 새벽에 쓰거나 술 먹고 쓴 글을 바로 올리면 다음날 밤 이
    불 킥을 하게 될 확률이 높다는 걸 알게 되고

22. 글로 남기면 행복한 기억이 극대화되고

23. 글로 남기면 슬픈 기억이 치유되고

24. 글로 남기면 아팠던 기억이 별거 아닌 일이 되기도 하고

25. 글로 남기면 시시한 일에도 의미가 생기고

26. 글로 써보면 내 옆을 떠나간 사람이 더욱더 그립고

27. 글로 써보면 내 옆에 있는 미운 사람이 덜 미워지고

28. 글로 써보면 나를 아프게 했던 사람을 덜 원망하게 되고

29. 글을 쓰다 보면 세상에 관심이 깊어지고

30. 글을 쓰다 보면 관심 있는 분야가 넓어지고

31. 글을 쓰다 보면 저장하는 자료가 늘어나고

32. 글을 쓰다 보면 타인을 부러워하는 마음이 줄어들고

33. 글을 쓰다 보면 남이 아닌 나에게 관심이 생기고

34. 글을 쓰다 보면 평범한 사람도 비범해 보이고

35. 글을 쓰다 보면 세상을 읽는 나만의 눈이 생기고

36. 글을 쓰다 보면 나의 단점이 보이고

37. 글을 쓰다 보면 그 단점을 비로소 인정하게 되고

38. 글을 쓰다 보면 타인의 단점보다 장점이 많이 보이고

39. 써보면 전공과 글쓰기는 상관없단 걸 알게 되고

40. 써보면 전공과 상관없이 잘 쓰는 사람이 널렸단 걸 깨닫고

41. 내 글 말고 남이 쓴 글도 자꾸 읽게 되고

42. 내 글 말고 남이 쓴 글에도 애정이 생기고

43. 베스트셀러가 되지 못한 좋은 책도 찾게 되고

44. 쓰고 읽은 것이 쌓이면 '그럴싸한 말'이 저절로 나오고

45. 쓰고 읽는 것이 쌓이면 자신의 감정을 의심하는 일이 줄고

46. 쓰고 읽는 것이 쌓이면 내 감정을 남에게 밑기지 않게 되고

47. 감정이 단단해질수록 나만의 문체가 생기고

48. 이렇게 쓰다 보면 누군가 나를 '작가님'이라 불러주고

49. "누구든 '작가님'이 될 수 있구나!" 확신하게 되고

50. 지금처럼 모든 일에 50가지 의미쯤은 찾아내게 된다.

51. 그리고 이 책을 쓰면서 깨닫게 된 것도 있다.

　'사람'이 '쓰는 사람'을 만든다는 것이다.

내 삶이 꽤 쓸 만하단 사실을 가장 먼저 알려준 남편, 60살 어린 손녀에게 글쓰기 선생이 될 기회를 준 나의 구방구 할머니, 불행한 순간에도 전혀 불행하지 않다는 얼굴로 딸을 키워낸 나의 부모님, 맏며느리에게 추석에 내려오지 말고 원고나 쓰라고 해준 시부모님, 임신으로 힘들었을 텐데 초고를 읽고 조언해준 친구 혜영이, 힘들 때마다 달콤한 디저트를 사주며 응원해준 현경 선배까지. 나의 이야기는 나의 사람들 덕분에 완성될 수 있었다.

이제 누군가 내게 글쓰기에 꼭 필요한 게 무엇이냐고 묻는다면 이렇게 대답할 것이다.

"나보다 나를 더 과대평가해주는 사람들이요."

내 하루도 에세이가 될까요?

초판 1쇄	2019년 12월 23일
초판 2쇄	2020년 8월 10일

지은이	이하루

발행인	유철상
기획	이정은
편집	이정은, 남영란, 이현주, 정예슬
디자인	조연경, 주인지, 최윤정
마케팅	조종삼, 윤소담

펴낸곳	상상출판
출판등록	2009년 9월 22일(제305-2010-02호)
주소	서울시 동대문구 정릉천동로 58, 103동 206호(용두동, 롯데캐슬피렌체)
전화	02-963-9891
팩스	02-963-9892
전자우편	sangsang9892@gmail.com
홈페이지	www.esangsang.co.kr
블로그	blog.naver.com/sangsang_pub
인쇄	다라니
종이	㈜월드페이퍼

ISBN 979-11-89856-55-7 (03810)
ⓒ2019 이하루